庫

夫は泥棒、妻は刑事[9]

泥棒は三文の得

赤 川 次 郎

徳 間 書 店

目次

毒薬は口に甘し

1

「ただいま」

と、今野淳一《こんのじゅんいち》は言った。「――何してるんだ？」

「あら、お帰りなさい。早いのね、まだ三時よ」

「うん。今夜は下調べだけだからな」

三時といっても、午後の三時ではない。午前三時。それでも「早い」のは、今野淳一が「夜の商売」――泥棒だからである。

「お前はいつ帰ったんだ？」

「一時ごろかしら」

と、妻の真弓《まゆみ》が言った。「で、下見はどうだったの?」

「うん。まあ問題なさそうだ」

「そう。じゃ、頑張ってね」

真弓が淳一を励ますのも妙なものだ。

というのも、夫は前述の通り泥棒だが、妻の方は刑事だからである。

もっとも、夫婦の間には、お互い干渉しない(もちろん仕事の上だけだが)という原則がある。ただし、夫婦愛にもとづいて、時として助け合うことも、ないではないが……。

真弓に言わせれば、

「愛は、すべての原理原則を越えてるんだからね」

ということになる。

「ところで、今夜は――」

と、淳一が言いかけると、居間の方で、

「ウーン……」

と呻《うめ》く声が聞こえて来た。

「おい。誰《だれ》かいるのか」

と、淳一は訊《き》いた。

「誰か、ってほどのもんじゃないけどね」

すると、その呻き声に、

「真弓さん……」

という呟《つぶや》きが混った。

「道田《みちだ》君じゃないか」

「そうだった？　忘れてたわ、誰だか」

真弓の部下の、若き独身刑事である。

淳一は居間を覗《のぞ》いて、道田がカーペットの上に大の字になってのびているのを見た。ズボンのベルトが外してあって、ファスナーが半分くらい下りているという、あまり見映えの良くない格好だった。

同時に、居間の中は、いやに甘ったるい、ムッとするような匂《にお》いがした。

「おい、一体道田君をどうしたんだ？」

淳一は、苦しげに、半ば意識ももうろうとしている様子の道田を見下ろして、言った。

「何も」

と、真弓は肩をすくめてから、「――あなた」

「何だ？」

「私が、この人を押えつけて、無理やり浮気したと思ってるんでしょ！　そうね？」

無理やり浮気した、ってのも妙な表現である。

「誰も、そんなこと言ってないぜ」

「分ってるわよ！　あなたの顔に、そう書いてある」

「じゃ、消しゴムで消すか」

「妬《や》いてるの？　目がギラギラしてるわよ」

「そりゃ、自分の方だろ」

「道田君と浮気したかどうか、知りたい？」

「分ってるよ、そんなことじゃないぐらい」

「教えてあげるわ。――ベッドでね」

こうなると、真弓には何を言ってもむだなのである。

淳一は、ため息と共に妻との「対話」に専念すべく寝室へ向い、居間の床には、相変らず呻いている道田一人がとり残されたのだった……。

「ケーキだって？」

と、淳一は言った。「食べるケーキか」

「不景気なんてものもあるけどね」

と、真弓は、バスローブをはおって、ソファに身を沈めた。

二人して、やや長めの「対話」の後、寛《くつろ》いでいるところである。

「今度の事件はね、ケーキが絡んでるの」

「ケーキ殺人事件か」

「国賓《こくひん》級の偉いお客様を、フランス料理でお迎えすることになって、メニューは決ったんだけど、デザートをどうするかで、もめたんですって」

「そんなもので、もめるのか」

「その中で人殺しがあったわけ。で、捜査に行ったレストランでね、おみやげにケーキを十五個、もらって来たの」

「おみやげつきか、最近の殺人事件の捜査ってのは」

「で、持って帰って来て、私は一つ食べたの。なかなかおいしかったのよ。でも、残る十四個は、とても食べ切れないし、大体太るでしょ、あんまり食べると。でも、作った人は、『本日中にお召し上り下さい』って言ってたから、だめにするのはもったいないし、道田君に、『残りは食べて』って言ったの」

「おい……」

淳一は唖然《あぜん》として、「じゃ――道田君一人で十四個も食べたのか?」

「十三個よ。あなたに一個残してあるわ。今夜中に食べてね」

たぶん道田は、当分、ケーキの化物に追い回される夢を見ることになるだろう……。

それはさておき――。


「すると、言い争う声を聞いたのね?」

と、真弓は言った。

「はい」

と、答えたのは、ヒョロリとやせた若者で、いささか女性的な印象を与える。

それは、体から匂う、どことなく甘い香りのせいかもしれなかった。

「井上《いのうえ》君、だったわね。コックなの?」

「見習です」

と、井上博夫《ひろお》は少し照れた様子で、「まだまだ当分は、本物のコックにはなれませんよ」

「でも、まだ若いじゃないの。二十……」

「二十二です。だけど、世界的に有名なコックはたいてい二十代で名をあげるんです。僕も一応、三十になる前に、シェフになりたいと頑張ってるんですけど……」

井上博夫という、その若者、確かになかなか爽《さわ》やかで、真弓は気に入った。

「でも——殺人事件とはね」

真弓は調理場の床に、白い布をかぶせてある死体を見下ろして、ため息をついた。

それにしても、広い調理場だ。

「うちの台所とは大違いね」

と、真弓はもっともなことを言った。

「レストランの広さと、この調理場の広さと、同じくらいあるんです」

と、井上は言った。「いい料理を出そうと思うと、どうしても、これぐらい必要なんですよ」

「じゃ、うちも一階全部、台所にしようかしら」

いくら広くしたって、料理しなきゃ同じことだ、と淳一がいたら、冷やかしただろう。

真夜中の十二時。——真弓は、事件発生の報《ほう》を、捜査一課で聞いた。

残業していたのは、前の事件の報告書を、道田と二人で書いていたからで、二人の共同作業は一向にはかどらなかった。

それというのも、真弓が少し書き進める度《たび》に、道田刑事が、

〈このときの今野真弓刑事の活躍は目ざましいものがあり、正に全警察官の誇りであると考えます！〉

といった「真弓讃歌《さんか》」を間に挟んでいたからである。

また、真弓の方も、

「〈女らしい優しさにも欠けていない〉って付け加えちゃどう？」

なんてやるもんだから、ますます進まない。

事件の知らせで、二人はむしろホッとして飛んで来たのだった……。

銀座にある超一流フランス料理レストラン。そこの調理場で死体が見付かったのだから、何とも場違いという感じである。

「いつも、こんなに遅くまで、調理場にいるの？」

と、真弓は井上に訊いた。

「いいえ、店が十時に閉りますから、日によっては十二時近くになることもありますけど、たいていは十一時ごろ、引き上げます」

「で、今夜は？」

「十一時に出ました。いつもは僕が最後なんです。ガスの栓とか、戸締りも全部見て帰ります」

と、井上は言って、「ただ、今夜は――近々、外国の偉い方がみえるっていうんで、大倉《おおくら》さんが残っていました。大倉さんは、ここのシェフです」

「確か今、こっちへ向ってもらってるわ」

真弓は、ポカンとして調理場の中を見回している道田の方へ、「ね、道田君？」

と、念を押した。

「は、はい！　立派な鍋《なべ》ですね」

「そんなこと訊いてるんじゃないわよ！」

と、真弓は道田をにらんだ。

「すみません」

と、道田がしょげていると、笑い声がした。

「あら、矢島《やじま》さん」

検死官の矢島が、まるでTVの調子でも見に来た、といった様子で、フラッと入って来る。

「相変らず、道田君をいじめてるのか？　可哀《かわい》そうに」

矢島は、いつも真弓をからかうのである。

「いじめたりしていませんよ。ねえ、道田君？」

「もちろんです！　真弓さんのお叱《しか》りは、〈愛の鞭《むち》〉ですから」

「いつ私が鞭でぶった？」

と、真弓が不服げに言った。「それより、死体の方をみて下さいよ」

「うむ。――食い過ぎて死んだかな」

と、矢島は調理場の中を見回した。「ここが有名なフランス料理店の台所か」

「矢島さん、フランス料理に詳しいんですか？」

「オムレツなら、時々食べる」

軽口を叩《たた》きながら、死体を覆っていた布をとる。――これも、無用な緊張を避け、リラックスする方法なのかもしれない。

「――何だ」

と、矢島は、死体を一目見て言った。「宇津木《うつぎ》じゃないか！」

真弓は、死体の方へかがみ込んだ。

五十歳ぐらいの印象。ツイードの上着はなかなか上等である。

「お知り合い？」

「というほどでもない。しかし、この商売をやっとると、いやでも名前が頭に入る」

「誰なんです？　死因は？　人に恨まれるような人間ですか？」

「いっぺんに色んなことを訊くな。わしゃ聖徳太子じゃない」

と、矢島は言った。「この男は宇津木といって——毒薬の専門家だ」

真弓は、思わず道田と顔を見合せた。

矢島の言葉は、当然、コック見習の井上の耳にも入った。

「あの——今、毒薬、とおっしゃったんですか？」

と、死体の方へこわごわやって来る。

「そうだ。毒薬を扱わせれば、天下一品だったな。しかし——見たところ、外傷もない。どうやら、宇津木自身、毒で命を落としたのかもしれんな」

「毒薬の研究家だったんですか」

と、真弓は訊いた。

「研究というより実践だ」

「というと？」

「要は、毒薬を使っての人殺しを請け負っていた男だ、ってことさ」

「じゃあ……殺し屋ですか！」

真弓は仰天した。「その殺し屋がどうしてこんな所に……」

「さてな。わしゃ、この男じゃないから、知らんよ」

と、矢島は理屈に合ったことを言った。

「調理場に、毒薬を使う殺し屋の死体……。もしかすると、とんでもないことになりますね」

真弓は、青ざめている井上へ、「――さあ、続きを話してちょうだい。どうしてここへ戻って来たの？」

「はあ……。初めは忘れものをしたんです。で、取りに戻りました。ところが、そこの裏口――従業員用の口から入ろうとすると、中で大倉さんが、『いい加減にしろ』と怒鳴っていたんです。それで、僕は何だか入って行きそびれて……。鍵《かぎ》は持ってますから、少し間を置いて来ようと思ったんです」

「大倉さんってシェフね？　相手は誰だか分った？」

「いえ、それが……。僕は大倉さんの声を聞いただけでした。相手は何も言っていません」

「そう……。この――宇津木って男だった可能性もあるわけね」

「確かにそうですけど——。それで、三十分くらいして、ここへ戻ってみると……。この状態だったんです」

「大倉ってシェフの姿もない、と。——たぶん、その大倉が、宇津木と争って殺したと見るのが妥当でしょうね」

「まさか!」

と、井上が大声を出し、顔を赤らめて、「あ——いや、失礼しました。しかし、大倉さんが人を殺すなんてこと……」

「分らないでしょ。だって、怒鳴ってる声を聞いたって言ったばかりじゃないの」

「ええ、まあ……。しかし、大倉さんが怒鳴ってるのは、いつものことです」

すると、そこへ——。

「何してるの?」

と、入って来たのは、まだ二十四、五としか見えない、若い女性だった。

ジーパンに革のブルゾンというスタイルで、何だかオートバイでも乗り回しそうなタイプである。

しかし、なかなかの美人だ。——当然、真弓は、「私よりは少し落ちるけど……」

と、心の中で付け加えたのだった。

「井上君、一体何ごと？　警察から呼び出しが来て、こんな時間に。――何なの、これは？」

と、布をかけた死体を見下ろす。

「あの――人殺しがあったんです」

と、井上が言った。

「人殺し？　じゃ、これは死体？　冗談じゃないわよ！　ここは調理場よ。早く放り出して！」

「でも、大倉さん……」

それを聞いて、真弓はびっくりした。

「大倉さんって……。じゃ、この人が？」

「シェフの大倉果林《かりん》ですけど」

その女性は真弓をみて、「何かご用ですか？」

と、不機嫌そうに言ったのだった……。

2

「ええ、怒鳴ってました」

と、大倉果林は調理場の椅子《いす》にかけて足を組んで言った。

「それが何か?」

「いいですか、殺人事件があったんですよ」

と、真弓は言った。「その現場で、事件の起る三十分前に、言い争ってる声がした。

――これは、ちゃんと説明していただかないとね」

大倉果林は、肩をすくめて、

「事件とは関係ありません」

と、言った。

「怒鳴っていた相手は?」

「言う必要ないと思います。プライバシーの問題です」

真弓もカッと来てしまった。

「関係あるかないか、こっちが判断します!」

「私が判断した方が確かでしょ。私のことなんですから」

と、相手は動じる様子もない。

調理場からは、もう死体が運び出されていて、井上博夫が、せっせと床を拭《ふ》いていた。

「もっとよく拭いて！　お客様に出す食べ物を作る所なのよ！」

「すみません」

井上は、額《ひたい》一杯に汗を浮かべながら、働いている。

「あのね」

と、真弓は言った。「殺されたのは宇津木という男で、毒薬の専門家」

「さっき聞きました」

「じゃあ、分るでしょ？　もし、毒薬がここの料理に入れられたら？　大変なことになるわよ」

「今は、何も作ってないんですよ。見て下さい。鍋やフライパンの他に、外に出てる物、ありますか？　刃物類など、厳重にロックしてしまいます。そんな心配は無用です」

「でも――」

真弓は、何とか自分を抑えた（珍しく！）。「まあいいでしょう。でも、ここで誰とやり合っていたのか、言って下さい」

「言いたくありません」

大倉果林は、全く動じない。

「道田君」

と、真弓は言った。

「はあ」

「大倉果林さんに、同行願うわよ。今夜は泊っていただくかもしれないわ」

「はあ……」

井上が立ち上って、

「大倉さん――」

「気にしないで。留置場の食事がどんなもんか試食して来るわ」

大倉果林は、ポンと井上の肩を叩くと、「もし、明日のディナーまでに戻れなかったら、君がやるのよ」

「はい！」

と、井上はしっかり肯《うなず》いた。

大倉果林は真弓の方を見て、

「手錠、かけます？」

と、平然として訊《き》いたのだった……。


大倉果林は、外へ出ると、光のまぶしさに顔をしかめた。

大体、夜中の仕事だから、昼日中《ひるひなか》、外を歩くことは少ない。

体中が痛んだ。留置場のベッドは、とても寝心地がいいとは言えなかったのである。

果林は、頭を振って歩き出した。コーヒー店がある。ともかくそこへ入った。

コーヒーを頼んでおいて、店の中の電話で、店にかけた。

「――井上君？――そう、今出て来たの。――そうね。夕方五時までに行くから、下ごしらえは頼むわよ。――え？　大丈夫よ」

果林は笑って、「調味料を間違えないで。――うん、それじゃ」

本当によくやってくれる。

果林は、一日の内にでも、数え切れないくらい、井上を怒鳴っているが、実際、井上ほど頼りになる助手はいない。

分っているからこそ、あれこれつい言ってやりたくなるのだ。

果林は、別の番号へかけた。――しばらく鳴らしてみたが、誰も出て来ない。

果林は、ため息をついた。あの女刑事の前では、決して見せなかった、沈んだ表情だった……。

席へ戻ろうとして、戸惑った。——知らない男が、同じテーブルについている。

一瞬、テーブルを間違えたかと思ったが、そんなことはない。

「——何かご用ですか」

と、果林は席について、「空《す》いてますよ、お店。他のテーブルへ移った方が」

「家は空っぽだった。そうだろ？」

サングラスをかけた、その男は言った。果林はドキッとして、

「何のことですか」

と言った。

「とぼけることはない。今、自分のマンションへ電話した。しかし誰も出ない。そうだろう？」

「あなたは一体——」

「大倉良哉《よしや》。三つ年上の兄貴か」

と、男は言った。

「兄をご存知？」

「いささかね。もちろん、兄さんの方は俺《おれ》のことを知らない」

「あなた、誰？」

「あんたの兄さんに、いささか迷惑をこうむってる者さ」

と、男は、ちょっと唇《くちびる》の端を歪《ゆが》めて笑った。

果林はコーヒーが来ると、一気に飲み干して、

「もう一杯」

と、言った。

「俺にもコーヒーだ。伝票は別にしてくれ」

「はい」

ウエイトレスは、不思議そうに、二人を眺めて、カウンターの方へ戻って行った。

「はっきり言って下さい」

と、果林は言った。

「金さ」

「お金……。兄が、お借りしてるんですか」

「借りを作ってる、って言った方が正確だな」

と、男は足を組んで、「二千万、こっちに損をかけて、頬《ほお》かむりしてる」

「二千万？」

「今、どこにいるか教えてやろう」

「見当はついてます」

と、果林は息をついて、「女の所でしょ、原宿のマンションの」

「百合《ゆり》か。あの女は死んだぜ」

果林は、じっと男を見つめた。

「――死んだ？」

「毒を服《の》んでね。自殺ってことになってるが……」

「殺したのね」

果林がさすがに青ざめる。

「勘違いしないでくれ。こっちがやったわけじゃない。あんたの兄さんを捜しに行ったら、死んでたんだ」

「毒で？」

と、果林は呟《つぶや》くように言った。

「ゆうべ、あんたがシェフをつとめてるレストランで、宇津木って男が死んだ。奴《やつ》は、この世界じゃ、ちょっと知られた〈毒薬つかい〉だ」

「聞きました」

「その当人が殺されたとなると、少しややこしいことになるぜ」

「というと？」

「宇津木は、誰かに頼まれて、毒薬を調合していた。そこは分ってる。しかし、その薬を依頼した人間に渡して――奴は消された」

　果林は、じっと男を見つめていた。

「どういうこと？」

「そりゃ、俺にもよく分らねえ」

　と、男は首を振る。「しかし、一つだけ確かなのは、やった奴は、何か目的があって、宇津木に毒薬を調合させていたってことだ」

　コーヒーが来ると、男は一口飲んで、

「どうだい、ここの味は」

　と、言った。

「豆が古いわ。香りが飛んでる」

「同感だ」

　男は半分ほど飲んでやめると、「――二千万のことは、あんたが兄さんと話し合ってくれ。どうしても返せないときは……」

「兄を――殺す？」

「殺したって一文にもならねえ。却《かえ》って手間がかかるばかりさ」

と、男は苦笑した。「あんたに払ってもらうことになるだろうな」

「二千万なんてお金、どこにあるの」

「あんたの料理の腕は、充分、その値打があると思うぜ。――利息の分は……。そうだな、あんたの体で払ってもらうか」

果林の顔がこわばった。

「――じゃ、また会おう」

と、男は席を立って、行きかけたが、「そうそう。あんたの兄さんは、別の女の所にいるぜ。――これが住所だ」

ポンとメモをテーブルの上に投げ、男は自分のコーヒー代をちゃんと払って出て行った……。

「頭にきちゃうわよ！　全く！」

と、真弓は苛々《いらいら》と居間の中を歩き回った。「こんなことが許されていいと思う？」

「――座ったらどうだ」

と、淳一は言った。「あのレストランの話だろ？」

「せっかく留置してたのに！――外国から来る王族の何とかってのが、どうしても彼女の料理を食べたいと言ってるって……。それで、圧力がかかって、釈放になっちゃったのよ！」

「しかし、大倉果林が犯人だって証拠はないんだろ？　それに、誰かとやり合ってたといっても、それをわざわざ隠すってのは、却って怪しくないってことさ。犯人なら、何か言い逃れを考えるだろうからな」

「あなたって、どっちの味方なの？」

と、真弓がかみつきそうな顔で言った。

「そりゃ、お前の味方さ」

「だったら――」

「だからこそ、お前が間違った人間を犯人として捕まえたりするのを、見ちゃいられないんだ」

「そう……。やさしいのね」

ガラッと変って（よくもこう、コロッと一八〇度変れるもんだ）、真弓は淳一の方へにじり寄ると、「──やさしくしてくれたら、やっぱりお礼しなくちゃね」

「いや、別にいいんだぜ。夫婦は助け合うのが当然だ」

「夫婦はね。──夫婦ってことを確かめましょうよ……」

「何も、今さら確かめることもないだろ」

「時々、更新しないといけないのよ」

「運転免許じゃないぞ」

「いいの！　これはね、我が家のとり決めなのよ」

何だか、年中更新しているような気もしたが、淳一はあえて逆らわないことにした。

もちろん、二人はしっかりと「免許」を更新したのだったが……。

「──あら、電話」

と、ベッドでまどろんでいた真弓が言った。

「出ようか」

「お願い。──殺人事件だなんて言わないでね。せっかくこれからいい気分で眠ろうとしてるんだから」

「──もしもし」

と、淳一は電話に出て、「──なるほど。ちょっと待ってくれ」

「どうしたの？」

「道田君だ」

「また酔っ払ってるの？　放っときゃいいわよ……」

「殺人事件だそうだ」

「適当にやっとけ、って言っといて」

「大倉果林が、自分がやったと言ってるそうだ」

「勝手にしろって言って……」

真弓は、そのまま眠り込みそうになって——ガバッと起き上ったのだった。

3

「女の名は、緑川《みどりかわ》ルミです」

と、道田が手帳を開いて、言った。

パトカーの中で、真弓はやたらと欠伸《あくび》をした。

「その女がどうかしたの？」

と、面倒くさそうに言う。

「殺されたんです」

「そりゃ大変ね」

「はぁ……」

道田は、何とも言いようがない様子であった。

ともかく、真弓はサイレンもけたたましく、夜の町を疾走するパトカーの中で、いともスヤスヤと眠っていたのである。

そして、目指すマンションに着くと、ちょうどうまい具合に目を覚まし、

「アーア」

と、伸びをして、「もう着いたの？」

「ええ……」

道田は、少々遠慮がちに言った。「あの――もし、お疲れのようでしたら……」

「何言ってんの！　元気一杯よ！　さあ、殺人現場が私たちを待ってるのよ。張り切って行きましょう！」

真弓は、ミュージカル映画なら、きっとタップでも踏んでいただろうという元気さで、何やらハミングなどしながら、マンションへと入って行ったのである。

マンションの入口に立っていた警官は、やや面食《めんく》らった様子で、真弓の姿を眺めて

いた……。

――緑川ルミね。

表札を見て、真弓は肯《うなず》くと、中へ入って行った。

さほど広いマンションではなかった。

あまり片付いておらず、少しだらしのない感じを与える部屋である。

現場は寝室で、ダブルベッドが、部屋の八割方を「占領」してしまっていた。

そのベッドの上で、ネグリジェ姿の女が、首を絞められて死んでいた。もう、鑑識の人間たちが、写真をとったり、位置をはかったりしている。

「この女ね」

と、真弓は死体を見下ろした。「一人住いだったの？」

「男が週に一、二度、やって来ていたようです。緑川ルミは、特に働いてはいなかったようで、どうやらその男に囲われていた、ということらしいです」

「へえ。――お金がかかるでしょうに」

と、真弓は妙なことに感心していて、「道田君の給料じゃ、とても無理ね」

「僕は――そんなことはしません！　僕の心はただひたすら、真弓さんに――」

「人妻に向って言うセリフ？」

と、真弓は苦笑した。「――ね、例の女は？」

「大倉果林ですか。居間の方に」

「会ってみましょ」

真弓が居間へ入って行くと、大倉果林が青ざめた顔を固くこわばらせて、座っている。

「またお会いしたわね」

と、真弓は言った。

しかし、今度の果林は、前のときと大違いだった。

あの調理場での事件の取り調べのときには、何一つ素直に認めず、真正面から反抗的だった果林だが、今度は打って変って、

「どうも、お手数かけて」

と、頭まで下げる。

真弓の方は、やや調子が狂ってしまった。

「あの女との関係は？」

「私が殺しました」

と、果林が言った。

「あ、そう」

真弓は、ソファに腰をおろして、「でも、殺すからには、何か理由があるんでしょ？」

「私が首を絞めて殺したんです」

と、果林が淡々と言う。

「それは分ったけど……。理由は？　動機は？」

「私がやったんです。死刑にでも、何でもして下さい」

真弓は、ため息をついた。

どっちにしろ、この女が頑固なことには、変りない。

「あのね、その前に裁判とか色々あるの。分る？」

「ええ」

「この女をどうして殺したの？」

果林は、しばらく黙っていたが、やがて真弓を見て、

「何て言えばいいですか？」

と訊《き》いた。「いい理由を教えて下さい。その通りに言います」

真弓は顔を真赤にして、

「あのね、あんた、私を馬鹿《ばか》にしてんの？」

と、言った。

「そうじゃないんですけど、きっと、ご経験が豊富でしょうから、きっと色んなことをご存知だと思って」

どう見ても、果林は正直にしゃべっているようである。しかし、真弓としては困ってしまうのだ。

「あのね、わざとそんなこと言って、本当の犯人じゃない、って印象を与えようとしてるのなら、むだよ。そんな見えすいた手にはのらないから」

「とんでもない」

と、果林は首を振って、「誰が何と言おうと、あの女は私が殺したんです」

頑固なところは、真弓にも少し似ているのかもしれない……。

「失礼します」

と、警官が顔を出し、「男性の客が――。ここの女と知り合いだそうです」

「ここへ通して」

真弓の言葉ですぐに連れて来られたのは、まだ二十代の末ぐらいだろうが、やや老《ふ》け込んだ感じの、気の弱そうな男であった。

「どうも……。ルミが殺されたというのは、本当ですか」

と、おずおずと訊いたが――。

その男は、果林に気付いて、目を見開いた。

「果林じゃないか！　何してるんだ？」

「お兄さん……」

と、果林が言った。

「ご兄妹《きょうだい》？」

と、真弓が二人を見比べて、言った。「あんまり似てませんね」

「兄の、大倉良哉です」

と、果林が言った。「あの女は、兄に囲われていたんです」

「おい、果林……」

大倉良哉は、困ったように妹を見て、「いやしかし……。びっくりしました。本当にルミは――」

「私が殺したの」

果林の言葉に、大倉良哉は啞然《あぜん》とした様子だった。

「何だって？」

「お兄さんと別れて、と頼みに来たの。そしたら、言い合いになって、つい……」

真弓は、ちょっとむくれて、

「どうして、ちゃんとそう説明してくれなかったの?」

と、文句を言ってやった。

「忘れてたんです」

相変らず、果林は無茶な説明をしている。

「果林……」

「ともかく、道田君、この人を連行して」

「はい」

道田が、今度こそ大倉果林の手首に手錠をかける。カシャッ、という冷たい響きがした。

「お兄さん」

と、果林は良哉の方へ、「レストランの方、頼むわね。井上君一人じゃ、まだ頼りないから」

「ああ……。分った」

良哉は、妹が連行されて行くのを、呆然《ぼうぜん》として、眺めていたが、やがて、急に体の力が抜けたように、ペタンと座り込んでしまった。

「——大倉良哉さん、ですか。緑川ルミさんとは——」

「まあ……確かに、金を出してやって、ここに置いていました」

と、良哉は弱々しい声で言った。

「なぜ、果林さんが、彼女を殺したんだと思います?」

「それは……僕のせいです」

と、良哉は深々と息をついた。「僕も実はコックなんです。妹に料理を教えたのも、僕です」

「じゃあ、どこかでシェフをやってるんですか?」

と、真弓は訊いた。

もし、安いランチがあったら、憶《おぼ》えておこうと思ったりした。

「いや、それがどうも……。生れつき、僕は怠け者で。妹の方がすっかり腕を上げて、僕なしで、充分あのレストランを任せられるところまで来たんです」

良哉は、ちょっと肩をすくめて、「そうなると、つい、こっちは怠けぐせが出て。女遊びにうつつを抜かすようになりました。果林には、ずいぶん意見もされましたが、どうにも、面倒で……。可哀そうに、果林の奴……」

「じゃ、あなたに料理をさせたくて、あの女と別れさせようとしたんですね？」

「そうとしか思えませんね」

良哉は、ゆっくりと立ち上ると、「――果林の気持をむだにはできない。これから、早速レストランへ行きます。調理場に立てるかどうか、やってみますよ」

少し頼りなげではあったが、良哉は、それなりに心を決めている様子だった。

――大倉良哉がマンションを出て行くと、真弓は、もう一度、現場を見に行った。

「やあ」

ヌッと目の前に立ったのは――。

「キャッ！」

真弓は飛び上りそうになった。

「何だ。亭主を見て、そうびっくりするな」

「何してるの、こんな所で？」

「退屈しのぎに見物に来たのさ」

「でも……。あら」

寝室を覗《のぞ》き込んだ真弓は、目を丸くした。――ベッドの死体が、消えてしまっていたのである。

「どうしちゃったのかしら？　まだ検死もすんでないのに」

淳一が咳払《せきばら》いして、

「ちょっと、拝借した」

と言った。

「え？」

「緑川ルミの死体を、少し借りたってことさ」

「死体を……。値が出るの？　夜中になると血を吸いに出て来るとか？」

「吸血鬼じゃないぞ。――後になりゃ分る」

「でも、困るわよ。課長に何て報告すりゃいいの？」

「そうだな。死体は、ちょっと散歩に出てます、とでも言ったらどうだ？」

淳一は真面目《まじめ》な顔で言ったのだった。

4

再び――真弓は頭に来ていた。
「何だっていうのよ！　人を馬鹿にするにも、ほどがあるわ！」

一人でブツブツ文句を言いながら、玄関を入り、

「ただいま！」

と、隣近所も飛び出して来そうな大声を出すと、

「お帰りなさい」

と、ソファから、一人の女が立ち上った。

「あ――どうも」

真弓は、頭をかいて、「家を間違えたみたい。ごめんなさい」

と、また玄関へ戻ったが……。

間違いのわけがない。ちゃんと、見慣れたわが家である。

しかし――あの女は？

女は、これから正式のパーティに出るという様子で、目をみはるような、イヴニングドレス姿であった。

でも――何で、見たこともない女が、うちにいるの？

真弓の顔が、だんだん赤くなって来る。

あの人ったら！　私がいない間に……。あの女とどこかへ行こうだなんて――。

「あなた！――あなた！」

と、今度も大声で呼びながら、居間へ戻ると、

「帰ったのか。遅いじゃないか」

と、淳一が出て来た。「早く仕度《したく》しないと間に合わないぜ」

真弓はポカンとして、淳一の、タキシード姿を見ていたが……。

「あなた……。どこへ行くの？」

「決まってる。あのレストランさ」

と、淳一は言った。「おい、急げよ。もう時間がない」

「待ってよ！　何の話？」

「例のレストランに、今夜、問題の『お客』が来るんだ。俺たちもついでに同席しようってわけさ」

「あなた……。私がどういう気分でいるか、分ってる？　あの大倉果林を、また釈放しなきゃいけなかったのよ！　私、もう絶望したのよ。日本の未来は闇《やみ》だわ」

「じゃ、明りを点《つ》けるんだな」

「呑気《のんき》なこと言って！　大体その女は何なのよ！」

「ああ、俺たちと同行してくれるのさ」

と、淳一が紹介して、「大倉果林さんだ」

「へ？」

真弓は、ただ呆気《あっけ》にとられて、しかし確かに、そのイヴニングドレスの女が、見違えるばかりに着飾った大倉果林だということを知ると、

「どうなってるの？」

と、目を丸くした。

「その内、分るさ。――おい、本当に行かないのか？」

「決ってるでしょ！　五分で仕度するわよ！」

真弓は、突風の如きスピードで、二階へと駆け上った。

そして、アッという間に、大倉果林に負けない夜会服装で、下りて来たのである。

もちろん、実際には十五分近くかかったのだが……。

「すてきですね」

と、別人のような果林が言った。

「ありがとう。自分でもそう思ってるの」

真弓は、事実をありのままに述べる主義である。しかし、そこは相手にも気をつかって、

「あなたもすばらしいわよ」

と、言った。

「さて、出かけよう」

と、淳一は言った。

――車の中で、真弓は言った。

「デザートのことで、もめたとか聞いたけど、初めのとき。何のことだったの？」

「今夜の夕食に出す食後のデザートのことです」

と、果林は言った。「兄はもともと、デザート類のとても得意な人なんですけど、私は、今ではあんまり甘くないデザートの方が主流だし、今夜のお客様にも、その方向のデザートで行こうと決めてたんです」

「それで？」

「ところが、フラッと兄がやって来て、そのことを聞き、『甘くないデザートなんて、デザートじゃない！』と怒り出して……。そのケンカが、夜まで持ち越されちゃったんです」

「じゃ、『いい加減にしろ』って言ったのは、そのこと？」

「ええ。――でも自分でも分ってたんです。兄の方が、少なくともデザートにかけては才能があるって。でも、何しろ兄はずっと現場を離れていて、あの店は私がすべてやっていましたから、兄としても、どうしても、とは言えないんです。怒って出て行ってしまいました」

「どうして私に言わなかったの？」

「自分の職業意識の問題なんです。他の人の方が上だと分ってるのに、立場を利用してやっつけた自分が、恥ずかしくて……」

職人気質《かたぎ》というか、むずかしいものである……。

真弓は続けて、

「あなたはその後、すぐに店を出たの？」

「そうです」

「じゃ、やっぱり、宇津木の死に関しては、何も？」

「ええ。——私には全然分りません」

と、果林は首を振ったが、今度はいかにも素直にそう言っている様子だった。

「今夜はどこの人が来るんだっけ？」

「K国という、ヨーロッパの小さな公国です。そこの王族の方が何人か……。以前、一度おいでいただいて、気に入って下さったもんですから」

「じゃあ、今夜は、満足してくれるかしらね？　あなたがいないんじゃ——」

「井上君がいます。そして兄も。——ちゃんと、いつもの通りにやってくれると信じてますわ」

と、果林は言った。

レストランの方へ入るのは、真弓も初めてである。

どこだかの王族が来るといっても、日本と違ってＳＰがやかましく突っ立っているわけではなく、一般の客と混って食事をするだけ、ということだった。

「——私、ちょっと」

三人でテーブルへつくと、すぐに果林が立って、奥へ姿を消した。

「——ねえ、何なの、これは？」

と、真弓は淳一に訊《き》いた。

「うん、今度の事件は、何だか妙だろ？　宇津木が毒殺され、その前に百合という女もやはり毒殺されている」

「百合？」

真弓はいぶかしげに、「それ、誰？」

「自殺ってことになってるから、知らないだろう。しかし、間違いなく毒殺されたんだと思う」

と、淳一は言った。

「分んないわ」

「いいか。毒薬って奴は、まず手に入れるのが厄介だ。それから、ほとんどのものは独特の匂いや味がする。つまり、何かに毒を入れても、容易に気付かれる可能性があるってことだ」

「そうね」

「気付かれないように、微量にすれば、今度は――」

「殺せないことがある」

「そうだ。そこで犯人は、プロの宇津木に依頼して、匂いや味を極力抑えた毒薬を調合させた」

淳一は、静かな口調でつづけた。「――分るか？　百合って女が死に、ついで宇津木当人が死ぬ。これがどういうことか」

「つまり……」

「犯人は、宇津木の調合した毒薬を、百合という女で、ためしたんだ。百合は、何も気付かずに死んだ。犯人はそれを自殺に見せかけて、そして宇津木に、きっと言ったんだろう、『すばらしいよ』とね」

「それで？」

「犯人は、宇津木に金を払うと言って、夜中のレストランへ呼び出した。そして調理場で——コーヒーの一杯もすすめたんだろう」

真弓は目を丸くした。

「じゃ、宇津木は自分の調合した毒薬で殺されたの？」

「その通り。——犯人にとっては、宇津木を生かしておくのは危険だった。宇津木がいなくなれば、もう安心ってわけだ」

「あなたの言ってるのは……」

「今日のK国の王族に対して、暗殺の計画がある。今、K国は民主的な選挙をすべく、努力していて、王族がそのリーダーに立っている。当然、軍部は、それが気に入らない」

「じゃ、軍部の差し金で？」

「後は当人に訊くさ」

淳一は立ち上った。

淳一と真弓が入って行くと、果林が、ズラリと並んだ鍋から、小さな皿に一口ずつとって、口に入れているところだった。

「どうだ?」

と、大倉良哉が言った。

「悪くない」

と、果林が肯《うなず》く。「上出来よ」

「そうか」

良哉がホッとしている。そして、

「そこのステーキ用のソース、どうだろう?」

と訊く。

「待って」

果林は、そのソースを、皿にとって、なめてみた。

「——いい味だろ?」

果林は肯いて、

「悪くはないわ」

と言った。「でも——少し違う。別の味が混ってる感じだわ」

「そうか？」

と、良哉が首をかしげて、自分も一口すすってみる。「——旨《うま》いじゃないか！」

「でも、どこか違うわ」

と、果林は言った。

「そうかな」

と、良哉が、またソースを小皿へとる。

「やめた方がいい」

淳一が、その手をつかんで止めた。「毒は、ほんの少量ならともかく体にいいことはないですからね」

「毒？　毒が入ってる？」

と、果林は青ざめて言った。

「その通り。今日のK国のお客にお出しするつもりだったんだ。そうだろう、井上君？」

井上博夫が、青くなっている。

「井上君……」

果林が、唖然として井上を見た。「本当なの？」

「金に困ってのことだろうね。——宇津木に毒薬を調合させ、この良哉君を通して知り合った百合を、『実験台』にして殺した。そして、宇津木も……」

井上が駆け出した。——が、調理場を飛び出したとたん、バシッと音がして、井上は、よろけるように戻って来ると、バタッと倒れた。

「——いい手応《てごた》えだったわ」

真弓が、右手を振りながら言った。「空手の練習も、しとくもんね」

「——何て奴だ！」

と、良哉が言った。

「でも、もう時間がないわ」

果林は時計を見ると、成り行きを唖然として眺めていた他のコック見習たちへ、

「さあ！　ぼんやりしてないで！　すぐにお客様がみえるのよ！」

と、怒鳴った。

「お兄さん！　急いでお肉を見て！」

「分った！」

良哉があわてて鍋の方へ駆けて行く。

「さて、と」

淳一は、真弓の肩を抱いて、「我々は席へ戻って、料理の出て来るのを待とうか」

「道田君を呼ぶわ。この男を運ばせなくちゃね」

と、真弓は言った……。

——料理はすばらしかった。

淳一と真弓のテーブルからは、K国からの来客の姿がよく見えたが、大いに満足していたようだった。

「——何ですって?」

と、真弓は仰天して、「緑川ルミは殺されてなかったの?」

「ああ。あの奥のテーブルで、彼氏と食事をしてる」

と、淳一が指さした。

「どういうこと?」

「井上にとっては、人並外れた果林の味覚が怖かったんだ。それで、わざとあの事件で、果林がいなくなるようにしたんだ」

「じゃ、あなたは死体を盗んだんじゃなくて——」

「死んだふりをしてたルミを、連れ出しただけさ」

と、淳一は言った。「それに、自分がいなくて、良哉が必死になってやってくれるんじゃないかって気持も、果林にはあったんだ」

「なるほどね。――あら」

と、真弓は、テーブルのそばへやって来た、白いシェフのスタイルの果林を見て、言った。

「デザートはいかがですか」

と、果林は訊いた。

ワゴンに、ズラッとケーキやフルーツが並んでいる。

「甘いのかね?」

と、淳一が訊くと、果林はちょっと笑って、

「甘いの半分、甘くないのが半分ってとこです」

と、答えた。

「なるほど。――じゃ、僕は甘くない方のケーキを」

「私も」

「かしこまりました」

果林は、まるで何ごともなかったかのように、ワゴンを押して戻って行く。

「すてきな兄妹《きょうだい》ね」

　と、真弓は言った。

「こっちはすてきな夫婦だろ」

「もちろん」

　と、真弓は肯いて、「でも、あなた、今度の事件じゃ、一文にもならなかったんじゃないの？」

「そんなことはない」

　淳一はワイングラスをとり上げて、「大倉果林の料理をタダで食べられたんだ。こんな至福の時はないさ」

　と、満足げに言ったのだった……。

夜目、遠目、丸の内

1

「あなた……」

と、今野真弓は、眠い目を何とか必死で上下に泣き別れさせると、「何してるの？」

と訊《き》いた。

「何だ、起こしちまったか」

夫の今野淳一は、ネクタイをしめながら、「寝てていいんだぜ。勝手に出かけるから」

「でも――」

真弓はベッドからナイトテーブルの時計へ目をやって、「まだ朝よ。どこへ行くの？」

――普通の家庭なら、朝、夫が起きて背広姿で出かけるのも不思議ではないが、ここ、今野家にあっては事情は違っていた。

二人とも、どっちかといえば〈夜の商売〉についていたからである。ただ、ほんのささいな違いといえば、夫の今野淳一はベテランの泥棒で、妻の真弓は刑事である、というところだった……。

「見りゃ分るだろ。出勤するのさ」

と、淳一は上着を手にして、言った。

「まあ」

真弓も目が覚めたようで、「あなた……。泥棒から足を洗ったの？」

「もし、そうだったら？」

「じゃ、刑事になってよ。人手不足で困ってんの」

真弓の無茶苦茶な発想は、今に始まったことではない。淳一はちょっと笑って、

「残念ながら、これも本業のための準備段階でね」

「なんだ。おかしいと思った」

と、ベッドの中で伸びをして、「すっかり目が覚めちゃった。どうしてくれるの？」

「もう一度寝ろよ」

「眠れるようにしてよ」

と、真弓がぐっと体を起し、淳一の腕をつかむ。

「このまま放ってくつもり?」

「いや……。しかし、出勤時間ってものが……」

「つべこべ言うと逮捕するわよ!」

真弓は淳一を強引にベッドに引張り込んで、上にのしかかった。

「何の罪で?」

と、淳一が訊く。

「公務執行妨害よ」

「どっちが妨害だ?」

「もちろん、そっちよ」

真弓の主張は、しばしば非論理的である。しかし、「愛」とはそもそも理屈通りに運ぶものでなく、その点では、二人の場合、真弓の強引な論理は、口実にすぎない。

で——結局、せっかく出勤の仕度《したく》を整えた淳一も、ワイシャツはしわくちゃになり、ネクタイもどこかシーツの間に紛れ込んで、改めて、新たにコーディネイトしなくてはならなくなったのだった。

「――で、何しに行くつもりだったの？」

と、シャワーを浴びて、さっぱりした顔の真弓が訊いた。

「うむ。――N産業って会社で、ちょいとひと稼ぎできそうなんだ」

「バナナの叩《たた》き売りでもやるの？」

と、真弓はからかって、「ま、気を付けてね」

刑事が泥棒を励ますというのも妙なものだが、お互い、結婚のときの約束で、相手の仕事には干渉しないことになっている。もっとも成り行きで、しばしば干渉せざるを得ないことになるのだが……。

「しわになったから、別のスーツで行かなくちゃな」

と、淳一は言った。

「そのN産業ってどこにあるの？」

「丸の内のオフィス街さ」

と、淳一が言ったとき、玄関のチャイムが鳴った。「――客だぜ」

「どうせ宅配の荷物よ。放っときゃいいわ」

と、真弓は欠伸《あくび》をする。

「いや、たぶんあのチャイムの音は――」

淳一が先まで言う前に、

「真弓さん！　道田です！」

と、近所一帯に響きわたるような大声が、ドアを突き抜けて聞こえて来たのだった……。

「警察はね、ただでさえ世間の苦情にさらされやすい職業なのよ」

と、真弓は部下の若き道田刑事へ、教えさとすように言った。

「はい……」

「それを――朝っぱらから、あんな大声を出して。もぐらが心臓マヒで死んだら、どうするの」

真弓の引用する例は、いつもやや風変りなのである。

「以後、よく気を付けます」

と、道田刑事はしょげている。

何しろ、この純情な刑事にとって、真弓は女神にも等しい存在なのである。

パトカーは、朝の町を駆け抜けている。

「ちょっと！　もっとスピード出ないの？」

真弓は運転している巡査に向って、言った。

「はあ、あの……」

「ガンガンサイレン鳴らして、突っ走りなさい！」

道田に言ったことなど、コロッと忘れている。これが真弓らしいところで……。

「――で、事件は？」

と、真弓は訊いた。

「丸の内のN産業の社長が殺されたんです」

「N産業？」

真弓は一瞬青くなった。淳一が殺されたのかと思ったのである。もちろんよく考えれば（そんなに考えなくても）、道田が事件を知らせに来たとき、淳一もいたのだから、被害者が淳一のはずがない。

「被害者は男？」

と、真弓は訊いた。

「男です」

「じゃ、犯人は女ね。男に冷たく捨てられて、憎しみのあまりナイフを突き立てた。

自業自得《じごうじとく》よ。そんな男、殺されて当然だわ。——何やってるの、道田君?」

道田はせっせと手帳に何やら書きつけている。

「いや、真弓さんのすばらしい推理を書きとめているんです。これで犯人はすぐに割れますね」

「そ、そうね……」

さすがに真弓も少々気がひけている様子だった……。

〈N産業〉は、思いの外大きなビルで、真弓は、パトカーを降りて、二十階以上もあるそのビルを見上げると、

「TVでコマーシャルやってないのに、どうしてこんなに大きいの?」

と、妙な感想を述べたりしたのだった。

ビルの正面玄関を入ると、優に三階分くらいは高さのある吹抜けのロビーで、床の大理石はピカピカに光っている。頭上に、金色のすだれみたいなオブジェが下がって、ゆっくりと揺れながらキラキラと光を反射していた。

「あれ、どうやって埃《ほこり》を払うんだと思う?」

と、見上げながら歩いていた真弓は、ドシンと何かにぶつかって、尻《しり》もちをついた。

「ご、ごめんなさい!」

と、あわてて見ると、円筒形をした受付のカウンター。

受付の女の子が必死で笑いをかみ殺している。真弓もさすがに真赤になって咳払《せきばら》いすると、

「警視庁の者です。殺人現場は？」

と、ぐっと胸をそらした。

「これはどうも」

と、男の声がした。

スラリと長身の、いささかバタくさい感じの男が、靴音をたててやって来る。

「営業部長の久米《くめ》です」

五十歳前後か、髪には大分白いものも混っているが、体型などは、なかなか若々しい。

「今野です。これは道田刑事」

「ご案内します。どうぞ、こちらへ」

久米という男は、いかにも営業マンらしいそつのない口調で言うと、受付の女の子へ、

「前田君、上に連絡しておいてくれ。今から警察の方をご案内すると」

「はい」

受付の女の子が手もとの電話をとり上げる。

「洒落《しゃれ》た制服ですね」

と、真弓はエレベーターに乗りながら、言った。

「ジバンシーです」

と、久米は言った。「——社長は、何ごとにも一流のセンスを求めておられましたから」

「結構ですね」

「しかし、そのせいで、いくら稼いでも追いつかず、今やN産業は倒産寸前です」

「はあ……」

思いがけない久米の言葉に、真弓は啞然《あぜん》とした。

「真弓さん」

道田がそっと小声で言った。「大丈夫でしょうか。このエレベーター、有料じゃないでしょうね」

しかし、何とか無事に（無料で）エレベーターは最上階に着いた。

「最上階が現場なんですか?」

「そうです。社長の専用フロアになっておりまして」

エレベーターの扉が左右へ開くと、真弓はギョッとした。目の前にズラッと、重役風の男たちが並んでいたからだ。

「ああ、警察の方ですよ」

と、久米が言うと、みんな一様にホッと息をつく。

「何だ。受付の前田君が、『今、例の方《かた》がそっちへ上られました』と電話して来たから……」

と、太った男が汗を拭《ふ》く。

「前田君も困ったもんだな」

と、久米が苦笑して、「わざとそう言ったんでしょう。――さ、どうぞ」

廊下を歩いて行きながら、

「誰《だれ》を待ってるんです？」

と、真弓は訊いた。

「このN産業再建のために、S銀行から役員が送り込まれて来ることになったんです。それで、重役連、みんな緊張して待ち受けてるわけですよ」

「なるほどね」

と、真弓は肯《うなず》いて、道田をつつくと、「ね、殺されたの、誰?」

と、小声で訊く。

「社長の野崎宏治《のざきこうじ》です。犯人は冷たく捨てられた女で――」

「しっ! 分ったわよ」

「ここが社長の執務室です」

と、久米が大きな両開きのドアを開ける。

真弓と道田はポカンとして、その広い部屋の中を見回していたが……。

「N産業って、古道具屋さんだったんですか?」

と、真弓はつい訊いていた。

「いえ、これは社長の個人的な趣味で集められたものでして……。あ、どうぞ足下にご用心下さい」

足下だけでなく、頭の上にも用心しなくてはならなかった。何しろ、そこはガラクタの倉庫としか、真弓には思えなかったのである。

古ぼけたタンス、机から、西洋の騎士の鎧《よろい》、槍《やり》、日本刀、それに見上げるような熊《くま》のはく製、壁には鹿《しか》の首。

これで人間のミイラでもありゃ博物館だわ、と真弓は思った。

「やあ、来たな」

ニュッと顔を出したのはミイラの怪人――いや、検死官の矢島だった。

「キャッ！」

と、真弓は悲鳴を上げた。

「何だ、人の顔を見て悲鳴を上げるとは」

「そうじゃないの。何かにけつまずいたと思ったら……。虎《とら》の頭だった」

虎の毛皮が、丸々一頭分、ペタッと床に広がっているのである。真弓はその頭につまずいたというわけだった。

「それにしても、埃っぽい部屋ね。――死体は？」

「ここだ」

やはり古めかしい、特大サイズの机があって、男がその上に突っ伏すようにして死んでいる。額《ひたい》の右側に穴があき、血が黒く固まっていた。

「拳銃《けんじゅう》で一発、ってとこかな」

と、矢島は言った。「普通なら覚悟の自殺ってとこだが」

「違うの？」

「拳銃は左手に握られてたんだ」

「へえ……」

見れば、拳銃も相当の年代物である。「重そうな銃ね」

と、真弓は首を振って、

「久米さん、この銃に見覚えは？」

「はい」

久米が肯いて、「野崎社長のコレクションの一つです」

「じゃ、不法所持してたのね。逮捕しなきゃ」

死んだ人間を逮捕しても始まるまい。

「いや、私どもは、当然、弾丸など出ないものだと思っておりましたので」

と、久米が急いで言った。「社長も、『こんな物、実際には使えん』とおっしゃっておいででした」

「それが使えちゃったわけですね」

真弓は、ちょうど鑑識の人間たちがやって来たので、死体の発見者を呼んでくれるように久米に言った。

「――どう思う？」

と、矢島が言った。

「自殺に見せかけた他殺？　それにしちゃ、傷は右側なのに、左手に持たせるなんて、ドジすぎるみたい」

「一目で分るからな」

と、矢島は言った。「指紋はたぶん左手のを押しつけてあるだろう」

「すると——逆に自殺を他殺に見せかけようとした？　でも、どうして？」

「そこは、あんたの役回りだ」

矢島はのんびりと言った。「ただ、自殺とすると、妙なことがある」

「何です？」

「傷口に、焼けこげの跡がない。これだけの大型の拳銃だ。右のこめかみに押し当てて撃てば、かなりその周囲が焼けるはずだ」

「じゃ、離して撃ったんじゃないですか」

と、道田がよく分った意見を述べた。

「いい意見だと思うわ、道田君」

と、真弓は道田の肩を叩いた。「あの鎧の中にでも入ってる？」

傍に、槍と楯《たて》を持って立っている西洋の騎士の鎧の方を見ながら、真弓は言った……。

「――久米部長」

と、若い男がやって来た。「S銀行の方が……」

「そうか」

「――失礼します」

久米が出向く前に、その男は社長室に入って来ていた。「大変お気の毒なことでしたな」

「これはどうも」

「S銀行の今井《いまい》です」

見るからにエリートという印象の、銀ブチメガネ、パリッとした三つ揃《ぞろ》いのスーツ、オールバックにした髪。

今井という男は、机に突っ伏している野崎宏治を見て、軽く目をつぶって一礼すると、

「不幸な出来事でしたが、これをのり越えて、ぜひN産業を復活させなくてはなりません」

と、久米に向って言った。

「よろしくお願いします」

「では、重役の方々にお目にかかりましょう」

と、その今井という男、久米を促《うなが》して行きかけたが——ふと振り向くと、真弓の方を見て、一瞬、軽く片目をつぶって見せた。

アッ、と真弓が思わず声を上げそうになった。

「どうかしましたか、真弓さん？」

「いえ……。何でもないの。タヌキの頭をけとばしたのかと思って」

出まかせを言って——真弓は呆《あき》れ顔で、今井の後ろ姿を見送った。

あの人ったら！

そう。今井と名のった男、夫の淳一だったのである。

2

「父は、物を集めるのが趣味でした。ご覧になったでしょう」

と、やや肥満の気《け》のある中年男が言った。

体質的に太っている、というのでなく、怠惰な生活が体型に現われている、という不健康な太り方で、真弓なんかの一番嫌いなタイプ。

野崎靖広《やすひろ》。四十二歳。――死んだ野崎宏治の一人息子である。

「すると、あなたが、お父さんの死んでいるのを発見されたんですね」

と、早々に切り上げたくて、真弓は早口に言った。

――最上階にある小部屋（といっても、他の部屋に比べれば小さいというだけ）で、
野崎靖広は、大して父親の死に衝撃も受けていない様子だった。

いや大体少々ふくらんだ感じの顔には、およそ表情というものが見えない。仮面をつけてるみたいで、見ていて、あんまり気持のいいものではない。

「何の用で社長室へ？」

と、真弓は訊《き》いた。

野崎靖広は、ちょっと唇を歪《ゆが》めて（笑ったつもりらしい）、

「親父の部屋ですよ。息子が行ったっていいでしょう」

「いけないとは言ってませんわ。ただ何か特別な用事でもあったのかと思ったんです」

「親父に女のことを訊いてみようと思ったんです」

「女？」

「ええ。――下で久米に訊いたら、親父、自分の部屋にいる、ってことだったんで」

「待って下さい。確か、お母様は大分前に亡くなられたんですね」

「ええ。親父、それ以来、さっぱり女には興味を示さなくて。不思議ですね。親父くらい金も名前もあれば、女なんか誰だって自由になるのに」

真弓がカチンと来た。

「誰だって、ってことはないんじゃありません？」

「そんなことないですよ。たとえば――」

と言いかけて、急に野崎靖広はニヤつくと、「僕はね、ロールスロイス、ヨット、それに、スイスに別荘を持ってるんです。いかがです、ご一緒に？」

と言うと、立ち上って、真弓の方へ迫って来た。

「すてきですね」

「でしょう？　これだけ揃えば、女は誰も逆らえないです」

「座ってくださいな」

真弓が、迫って来る野崎靖広の胸を、思い切りドンと突いた。体が重い分、ドサッとソファへ体が戻った勢いがついたのか、そのままソファがゆっくりと後ろへ傾き――。

「ああ……危い！」

ドシン、と床へ引っくり返って、野崎靖広は床で一回転した。

「で、お父様は女だけは集めなかった、と」

と、真弓は平気な顔で続けた。

「そ、そういうことです」

と、野崎靖広はやっとこ起き上った。

「それで、『女』というのは？」

「ええ……」

靖広はソファを起こして座り直すと、「本当に父は女とか一切作らずに来たんですよ。ところが――」

「失礼します」

ドアが開いて、地味な事務服の女性がお茶を運んで来た。「お茶をお持ちしました」

「そんなこと、見りゃ分るよ」

と、靖広はぶっきら棒に言った。

「はい」

三十代の後半というところだろうか。およそ化粧っ気のない顔のその女性は、真弓と野崎靖広の前にお茶を置いて、

「失礼しました」

と、出て行った。

「——今の方は？」

と、真弓が訊く。

「内山聡子《うちやまさとこ》といって、父の秘書です。——秘書といっても、仕事の上でついて歩くのは、たいてい久米の仕事で、あの女は雑用係ってとこでしたね。お茶出し、コピー、新聞や雑誌の切り抜き。——ま、仕事らしい仕事をしてたわけじゃありません」

自分のことを考えたら、とてもそんなこと言えやしないだろうと真弓は思った。

「——で、その不思議な女に出会ったのは、二カ月ほど前のことです」

と、野崎靖広は言った。「この階で打ち合せがあり、終った後、父は僕だけ残して、少し話をしました。いや、大した話じゃありません。そして二人でビルを出て駐車場の方へ歩き出しました。——もう大分夜も遅い時間で、ほとんど人通りはありませんでした……」

駐車場へは、ビルの表玄関を出て、わきの細い道を抜けて行くのが近い。

距離的にはビルの裏口の方が近いのだが、曲りくねった道を通るので、却《かえ》って遠回りなのである。

「――少し肌寒いな」

と、野崎宏治は言った。

「そうだね。――車、表へ回そうか？　中で待ってる？」

と、靖広は訊いた。

「そんな必要はない。却って目が覚めて助かるぐらいだ」

と、野崎は言った。

何しろ、息子の前でも弱味を見せない父親である。それでも少し足を速めたのは、寒さのせいかもしれなかった。

すると――誰かがその道を反対側から歩いて来た。

道は、本来人通りのある場所ではないので、ほの暗い。表の広い通りの街灯の光が射し込んでいるのと、向う側の駐車場の明りがゆるい角度で忍び込んでいるだけ。

その女は――女だということは、ハイヒールの靴音と、背後の明りに浮かぶシルエットで分った――野崎親子のことなど全く目に入っていないかの足取りで、真直ぐにやって来た。

そして、普通なら考えられないことだが、何となく野崎と息子の靖広は、女を通すために左右へよけて間を空《あ》けていたのである。

カッ、カッ、カッと歯切れのいい足音が、近付いて来て、二人の間を、風を感じさせながら通って行った。

黒ずくめの服、つばの広い帽子をかぶり、女はまるで二人のことなど無視して、通り過ぎて行った。香りが——何の香水か、漂うように、忘れがたい匂《にお》いだった。

女の姿は、広い通りへ出ると、スッと曲って消えた。遠ざかって行く足音……。

「何だろうね、あの女？」

と、靖広は言った。「今ごろこんな所に何の用だろう？——父さん、行こうよ。父さん？」

行きかけて、靖広は足を止めた。

野崎宏治は、普通の状態ではなかった。

女が歩み去った方へじっと目を向けたまま、呆然《ぼうぜん》と我を忘れている様子。

「父さん。どうしたの？」

靖広が訊いて、しばらくしてから、野崎はやっと我に返った様子で、

「お前……今の女を見たか」

と言った。

声がかすれている。

「今の？　見たか、って……。こう暗くちゃ、ろくに見えやしなかったじゃないか」

「いや、見えた！」

と、野崎が大声を上げたので、靖広はびっくりした。

「父さん――」

「今の女は……。美しかった」

と、野崎は言った。「しかも、通りすがりに俺《おれ》の方をチラッと見て行ったぞ」

「そう？」

「ああ。――あの目の輝き。あれはただの女じゃない」

野崎は、突然ハッとした様子で、

「そうだ！」

と言うなり、大股《おおまた》に細い道を逆に戻って行った。

「父さん！　駐車場はあっちだよ！」

「あの女を追いかけるんだ！」

と、野崎は振り返りもせずに怒鳴った。「一旦《いったん》見失ったら、もう二度と会えんかもしれんだろう！」

「父さん――」

野崎が駆け出す。靖広は、あわてて父親の後を追った。

「それで、女は見付かったんですか」

と、真弓は言った。

「いいえ、そのときは、もうどこにも女の姿は見えなかったんです」

と、靖広は首を振った。「あの晩の父の荒れようは大変なもんでした。――父が女一人のことで、ああも我を失うのかと、びっくりしましたね」

「で、その女とはそれきり？」

「いいえ。その一週間後くらいでしょうか。午後会社へ来ると、父がえらく上機嫌で、急に若返ったみたいなんです。何か、よっぽどいいことがあったのか、って訊くと、『あの女に会ったんだ』と……。しかし、詳しいことは教えてくれませんでした」

「すると、野崎社長は、それ以後、ずっとその女と？」

「いや、そんな仲ではなかったようです。つまり、父が出向いたり、外出したりする先でフッとその女がすれ違って行く。父の方は、それこそ初恋の少年みたいなもので、胸がドキドキして、声もかけられないということだったようです」

「へえ……。純情だったんですね」

あんたとは違って、と真弓はつい付け加えそうになった。

「ともかく――父はその女に夢中になっていたわけです。名前も何も分らないのに、それで――昨日のことです。父が電話して来まして。ああ、僕は自分のマンションにいるんです。で、父が興奮気味に、『あの女とようとう会えるんだ』と知らせて来たんです」

「いつ会うとおっしゃってました?」

「ゆうべ。――で、今日、父にその結果を聞こうと思ってやって来たら、あの様子で」

と、靖広は首を振った。

「お父さんは自殺だと思われますか? それとも殺されたと?」

「さあ……。女に会って失望したとすれば、自殺してもおかしくないでしょう。あれだけ思い詰めてましたからね。でも、銃の位置が――」

「そうです。これから、検死の結果が出れば、もう少しはっきりするでしょうね」

と、真弓は言った。「ところで、あなたは何をしてるんですか、毎日?」

「僕ですか。一応、ここの取締役でして。気が向くと出社してます。週に一、二回かな、来るのは」

　真弓は啞然《あぜん》として、この「息子」を眺めていた。

「ところで」

　と、靖広は、またニヤついて、「さっきの話ですが……。ヨットで遠出、なんてのはどうです？　夜の海はロマンチックですよ」

「あなたを帆の代りに張っちゃいますよ」

　と、真弓は言ってやった。


「――いいんですか、こんな所でごちそうになって」

　と、前田法子《のりこ》は、豪華な内装のレストランの席で、いささか落ちつかない様子だった。

「いや、君にはぴったりだよ」

　と言ったのはS銀行の今井――こと、淳一である。「君は受付にいて、実に光っているね」

「そうですか？　毎日ていねいにマニキュアしてるせいかしら」

「それにユーモアのセンスもあるようだ。久米部長がこぼしていたよ」

「ああ。あの人、すぐ若い女の子に手を出すんですもの。だから、いつか奥さんみえたとき、わざと部長の彼女も一緒に呼び出しちゃったんです。久米さん、オロオロしちゃって、見ててふき出しそうになったの」

「楽しそうだね」

と、淳一は微笑《ほほえ》んだ。「――さあ、ワインでも?」

「じゃ、遠慮なく」

正に遠慮なく、前田法子はしっかりと魚、肉料理も別々にオーダーした。

「――僕は、N産業の再建について、かなりの部分を任されている」

と、食事をしながら、淳一は言った。「君のような人が、一番社内の事情に詳しいと思ってね」

「ええ? そんなことないけど……。でも、まあ多少は知ってます」

と、もうきっかけさえあればスラスラしゃべり出しそうである。

「社長が自殺しそうな様子はあった?」

「そうですねえ。息子に絶望して、っていうのなら分る」

と、前田法子はアッサリと言った。

「つまり、あのぐうたら息子に会社を継がせたくない、と? それなら少しでも長生きしたがるだろうがね」

「そうですね。――女のこと、ご存知ですか？　謎《なぞ》の女。その女に、社長、夢中だったんです」

法子の話は、野崎靖広の話とほぼ同様なので省略することにしよう。

「なるほど。――他に、社長の座を狙《ねら》いそうな人間は？」

「うーん。そうですね。重役達はだめでしょうね。だって、初めから息子さんが後を継ぐと思ってますから、みんな」

「なるほど。しかし、そこは微妙なところだね」

「え？」

「自分が社長にならなくとも、あの息子を、思い通りに動かせば、同じ力を手に入れられるわけだ。そうだろ？」

「そうですね。そういうことやりそうなのは……。副社長の水田《みずた》さんかな」

「あの太った男だね」

「見かけによらず細かいんです。トイレのペーパータオルをなくそうとか、そんなことばかり言ってるの」

と、法子はうんざりした様子で、「それにケチだし。私、一時、水田さんのお相手したことがあるんですけど、ホテルに泊ると、ミニバーの伝票まで細かくチェックする人なんですよ」

「へえ。君があの男と？　もったいないね」

「そう思うでしょ？　で、やめたの」

と、法子は一向に悪びれた様子もない。

「――失礼します」

と、声がして、立っていたのは内山聡子だった。

「あ、内山さん」

「法子さん。ちょっとお話が――」

「何？」

「いえ、S銀行の方に」

淳一は、興味ありげに、内山聡子を見上げたのだった。

「内山さん、社長の身の回りのことなら、何でも知ってるの」

と、法子が言うと、食卓に加わった内山聡子は少し照れたように、

「とんでもない。私はただの雑用係です」

と、言った。「今井さん。――私は、野崎社長が亡くなったら、もう何のお役にも

立てません。もし、人員整理があるのなら、どうぞ私を対象にして下さい」

「珍しい人だね。逆の頼みをする人はよくいるが」

「家族や親を抱えている人は大変ですもの」

と、内山聡子は言った。「私は一人住いで食べて行くぐらい、何とかなります。ですから——」

「頭に入れとこう」

と、淳一は言った。「しかし、誰が社長になるかで、その後の人事は大きく変ってくるだろう」

「そうですね。でも——やっぱり息子さんが?」

「それは分らない」

と、淳一は首を振った。「いかにオーナーだったとはいえ、株主もいるしね。みんなの納得できる人事が必要だ」

淳一の言葉に、法子は肯《うなず》いて、

「あの息子以外なら、誰が社長になってもいい」

と、はっきり意見を述べた。

——淳一は、二人に夕食をおごり、少し遅れてレストランを出た。

夜風が冷たい。淳一は、軽く深呼吸して、胸の中に冷たい風を入れると、

「何か用かい？」

と、言った。

「分るでしょ」

真弓が、スッと寄って来る。「どういうつもりよ！」

「これは俺の仕事だ」

と、淳一は言った。「N産業の再建策を、一応真剣に考えてるんだぜ」

「可愛《かわい》いＯＬと食事するのが、目当てなんじゃないの？」

「よせよ。――ところで、聞いたか？　謎の女の話」

「ええ、息子の方からね。その女が絡んでると思う？」

「たぶんな……。まだ一本に絞り切れていない。ま、のんびり考えよう」

淳一は真弓の肩を抱いて、言ったのだった。

3

水田は、一人、副社長室に残って仕事をしていた。

もう、夜の十一時を回っている。ビルの中には誰も残っていなかった。

水田は、一旦始めた仕事は、けりがつくまで、やめないという性格だ。そのせいで、しばしば会社に泊り込むこともある。

社長が亡くなって、水田の胸には、わずかながら、自分に社長の椅子《いす》が回って来るかもしれないという夢が湧《わ》いて来ていた。

もちろん、それは「夢」で……。しかし、可能性がゼロと1では、大違いだ。

あの二代目には、とても社長がつとまらないと、誰もが思っている。そうなると、当然、副社長の水田が昇格するのが順当ということになるのである。

そううまく行くだろうか？——水田は、これまであまり野心らしいものを持ったことはない。しかし今は違う。今は……。

コツ、コツ、コツ……。

足音に、水田は顔を上げた。

「おかしいな。——もう誰もいないはずだったのに」

と呟《つぶや》くと、水田は立ち上って、副社長室のドアを開けた。

廊下に、コツ、コツ、と靴音が響いている。

しかし、その人影は目に入らなかった。

「誰かいるのか？」

と、水田は声をかけた。

足音は、止らなかった。——コッ、コッ。

そして、ガラガラとエレベーターの扉の開く音。

エレベーターは、廊下を行って角を曲らないと目に入らない。水田は足早に、エレベーターへと向った。誰なんだ、一体？

水田が廊下の角を曲る。

エレベーターが見えた。——扉が静かに閉じる。

そのほんの一、二秒の間、中にいる女の姿が、水田の目にやきついた。

女だ！——あれが、社長の言っていた女だ、と水田は思った。もちろん何の根拠もない。

しかし、直感的に、水田はそう信じたのである。そして、副社長は呆然《ぼうぜん》と突っ立っていた。

あの女……。一瞬、女は帽子の下から水田を見つめたのだ。つばの広い帽子だったので、顔は暗くかげっていたが、その目だけはなぜかはっきりと見えた。

その視線は、一瞬の内に水田の胸の奥底まで、貫き通した。

エレベーターが下りて行く。——〈15〉〈14〉……。

エレベーターにあの女が……。

突然、水田は駆け出した。〈非常階段〉とかかれた扉を開けると、冷たい空気が肌に感じられる。

その中を、水田は——階段を駆け下り始めたのだ。

女が一階へ着くのを、階段で先回りしよう、と思った。エレベーターで追っても、追いつけないはずだ。しかし、足でなら？

無謀だった。何しろ副社長室は十六階にあるのだ。

しかし、今の水田は、ただあの女をもう一度見たい、ということしか考えていなかったのである。

ダダダ、と自分の足音が、まるで機関銃のように階段にこだまする。十五、十四、十三、十二……。

十階ぐらいまで、水田は飛ぶような勢いで降りて行った。これならいける！　追いつけるぞ！　このビルのエレベーターはゆっくりなのだ。

しかし——急に膝《ひざ》がガクガクと震え出し、同時に胸が苦しくなった。九階、八階、と下りて来て、水田はよろけた。

しっかりしろ！　俺は——俺はあの女に会うんだ！

七階から六階へ。——もう少しだ。もう少し……。

突然、心臓が悲鳴を上げた。胸の鋭い痛みに、水田は体を折った。足が階段を求めて宙を探る。

「あ……」

声を上げるのも、間に合わなかった。水田の太った体は、階段を勢いよく転り落ちて行った。

大の字で横たわった水田の心臓は、突然の酷使と、転落のショックに堪えられなかった。——失われて行く意識の中で、黒い服の女が、妖《あや》しげに笑いかけていた……。


「副社長がねえ……」

と、前田法子は言った。「気の毒に。でも、殺されたわけじゃないんでしょ？」

「まあね」

と、淳一は言った。「心臓発作」

「心臓か……。太ってたものね、水田さん」

と、法子は肯《うなず》いた。

「しかし、どうして心臓が参るまで、階段をかけ下りる必要があったのか」

——淳一の運転する車で、法子は自分のアパートまで送ってもらうところだった。

二人は、ひそかに逢《あい》びきしていた……わけでは、もちろん、ない。

水田の死体を見付けたのが前田法子だったので、警察に呼ばれていたのである。

淳一が送って行くと言ったので、真弓はキッと目をつり上げていたが、まあ、前田法子の前で夫婦ゲンカを始めるわけにもいかず、渋々見送ったのだった……。

「——階段をかけ下りたの？」

と、法子が訊《き》いた。

「靴の跡が、十六階からずっとついていた。しかも、相当あわてていたらしい」

「何だったのかしら？　誰かに追われてたの？」

「それとも追いかけていたか……」

「誰を……」

「誰かな。——さあ、君のアパートはこの辺だろ」

「ええ。どうもありがとう」

法子は、微笑んで言った。

車は広い道の端に寄せて停《と》まった。

「——この奥なの。送ってくれて、ありがとう」

もう、夜も大分遅くなっている。

非常階段にあったせいで、水田の死体は夕方まで発見されなかったのだ。

「送ろうか？」

と、淳一は言った。

「送って——中まで入ってくれる？」

と、法子は言った。

「それはだめだ」

と、淳一は首を振った。

「残念だな」

法子はちょっと笑って、「じゃ、おやすみなさい」

「おやすみ」

法子は歩きだして、振り向くと、

「ねえ、今井さん」

「何だい？」

「人員整理の対象に、私、入ってる？」

「優秀な受付は貴重な人材さ」

　と、淳一は言った。

「安心したわ、そう聞いて。――じゃ、おやすみなさい」

　法子は、アパートへの細い道を入って行った。車では入れないので不便だが、そのせいでアパートの家賃が安いのである。

　法子は、誰かが向うからやって来るのを見て、細い道なので少し体を斜めにしてすれ違おうとした。

　街灯が一つあるのだが、電球が切れたのか、消えてしまっていて、道はひどく暗い。向うからやって来る人間の顔も、全く見えなかった。

　そして、すれ違おうとして――。

「アッ!」

　と、相手が声を上げた。

　チーンと足下に何かが音をたてる。すれ違いかけた人間は、パッと背を向けると、たちまち駆けて行ってしまった。

「大丈夫か?」

「今井さん……。どうしたの、今?」

駆けつけて来た淳一は、かがみ込むと、

「念のために見てたら、キラッと光るものが見えてね」

と、言った。「小石を投げた。うまく当ったらしい」

「え？」

ポカンとしている法子の目の前に、淳一はハンカチでつまんだ物を差し出してやった。

小さいが、刃の輝きの鋭いナイフ。

「これ……」

「今、すれ違おうとした人間が落とした。君はたぶん切り裂かれていただろうね」

「そんな……」

やっと、法子は青ざめて、ガタガタと震え出した。

「大丈夫かい？」

と、淳一は訊いて、結局、前田法子のアパートの中まで、送ることになった。

「——怖いわ」

と、自分の部屋へ入っても、法子はまだ震えている。「ね、帰らないで。お願い」

「大丈夫だ。あの勇ましい女刑事に連絡すれば、誰か見張りをつけてくれるさ」

「でも——」

「じゃ、お風呂《ふろ》に入っといで。気分が落ちつく」

と、淳一はやさしく言って、法子の肩を叩いた。「その間、僕がここにいてあげるから」

「本当？」

「ああ約束する」

「じゃ、そうするわ……」

と、法子は言った。


「で——あの子がお風呂に入るのを覗《のぞ》いてたの？」

真弓の声には危いとげがあった。

「よせよ。俺はただ、待ってただけだ」

「信じられるもんですか。男なんて、みんないい加減なのよ」

自宅の居間。真弓が少々苛立《いらだ》っているのは、事件の捜査が一向に進展しないせいでもあった。

「しかし、白状するとな」

「ほら、やっぱり覗いたのね。射殺してやるわ」

「違う！　前田法子が風呂へ入ってる間に、部屋の中を調べたんだ」

「で、何？　下着でも盗んで来たの？」

「おい……。プライドの高い泥棒に何てこと言うんだ」

「失礼。じゃ、何を盗んだの？」

「見付けただけだ」

「見付けた？」

「ああ。黒いスーツ、つばの広い帽子、コンタクトレンズ。そして黒の靴」

　真弓はまじまじと淳一を見て、

「じゃ……」

「前田法子が例の〈謎の女〉だったとしたら、今になって消されそうになったのも、不思議じゃないな」

「でも――社長の野崎にしても、息子の方にしても、年中前田法子の顔は見てるのよ」

「そう。まさか自分の知っている女とは思わない。そこは、よく言うだろ。〈夜目遠《よめとお》目笠《めかさ》の内《うち》〉って」

「〈嫁と姑《しゅうとめ》と幕の内〉？　何、それ？」

「まあ、ともかくだな……」

と、淳一はため息をついて、「水田も、おそらくその謎の女を追いかけて心臓がへばったんだ。しかし、これが殺人に当るかどうか、むずかしいとこだな」

「そうね……」

真弓は肯いていたが、「そうだわ。前田法子がお風呂から出て、そこから先をまだ聞いてなかったわ」

と、座り直した。

「だから何もないって……」

淳一はため息をついて、「誤解は、ベッドでゆっくり解くことにしないか？」

と、言った。

もちろん、真弓は反対しなかった。

4

「久米部長。お電話です」

声をかけられて、久米はギクリとした。

「内山君か。——電話？」

「はい」

久米は、内山聡子がそばへ来るまで、まるで気付かなかったのである。

「こちらへお回ししてよろしいですか」

内山聡子は淡々とした口調で言った。

久米は少し迷った。——会議室で、今は自分一人だが、いつ他の連中が入って来るか分らない。

「まあいい。つないでくれ」

「はい」

内山聡子が素早く、しかし静かに出て行く。

「やれやれ……」

と、久米は汗を拭《ぬぐ》った。

あの女、本当にいるかいないか分らないんだからな。

電話が鳴って、久米が出た。

「もしもし。——君か。——どうした？」

久米は、眉《まゆ》を寄せて、「何だって？――そうか。しかし、今さら仕方ないだろう。落ちつくんだ。大丈夫だから。――ああ、僕がついてる」

廊下をがやがやとやって来る話し声。

「人が来る。切るよ。――ああ、分ってる」

久米は、急いで電話を切った。

「――やあ、仕度は？」

と、入って来て野崎靖広は言った。

「できております」

「じゃ、始めよう」

靖広は、他の重役たちがゾロゾロ入って来ると、少し苛立たしげに席へつかせた。そして自分は正面の椅子にかけると、

「ご苦労さん」

と、重役たちを見回した。「父があああいう死に方をして、N産業にとっては大きなイメージダウンになった。まあ、真相は警察の手に任せるとして、今は、N産業のイメージを回復させることが必要だ。そのためにも、いつまでも社長のポストを空席にしておくわけにはいかないと思う」

重役たちは誰も発言しない。靖広は構わずに続けた。

「そこで、社長のポストを継ぐ人間をここで決めたいと思う。——まあ、副社長の水田さんは、気の毒に亡くなってしまった。やはり太りすぎには気を付けよう」

少し笑いが起った。自ら太っている靖広としては、精一杯のジョークだったのだろう。

「何か意見はあるかな？」

と、靖広が重役たちの顔を見回す。

誰もが、目を合わせるのを避けているようだ。

「私の意見を申し上げてよろしいですか」

と、久米が言った。

「ああ、久米君、どうぞ」

と、靖広が肯《うなず》く。

「先代の亡き後、やはりN産業を継ぐのは、靖広さんしかいらっしゃらないと思います。我々も精一杯、靖広さんを支えて行くつもりです。ですから、ぜひ社長のポストに」

「僕？　いや——どうかなあ」

と、靖広はわざとらしく照れて見せて、「父に比べると、僕は人間的にやさしくできてるしね。もっと適任の人がいるようにも思うけど……」

「いや、靖広さんしかおられませんよ」

「みんながそう言ってくれるのなら……」

言っているのは久米一人である。しかし靖広は、ニッコリ笑って、

「じゃあ、せっかくのみんなの気持だ。尊重して、社長のポストを――」

と言いかけたとき、

「あなたは正しい」

と、声がした。

いつの間にやら、ドアが開いて、今井が――つまり淳一が――立っていたのである。

「今井さん……。これは秘密の会議です」

と、久米があわてて立ち上る。

「そんなことを言っていられるときですか?」

と、淳一は中へ入って来ると、「N産業は、潰《つぶ》れるかどうか、の瀬戸際にある。今は実務的手腕のある人間が必要とされているんです」

「どういう意味です?」

と、靖広が不機嫌そうに言った。

「さっきご自分で言ったでしょう。『もっと適任の人がいる』と。その通りです」

と、淳一は言った。

「何ですって？」

「N産業の再建に責任のある者として」

淳一の声は、大きくはないが、会議室の空気を一変させた。「私は次の社長に、久米部長を推します」

誰もが唖然とした。久米当人も。

「馬鹿《ばか》な！」

と、靖広は憤然と立ち上って、「この会社は親父が作ったんだ！　今は僕のものだ」

「残念ながら、今N産業は誰のものでもありません。沈みかかった船を、誰が持主かと争ってみても始まらない。ともかく沈まないようにするのが先決です」

淳一は、重役たちの顔を見渡して、「――もし、久米部長が社長に就任しないのなら、S銀行としては、N産業の今後に一切責任は持ちません」

と宣言すると、会議室を出て行った。

――しばし、誰も口をきかなかった。

靖広が、顔を真赤にして、

「会議は終りだ！」

と怒鳴った。

みんなゾロゾロと席を立つ。――そして、靖広と久米だけが残った。

「おい」

と、靖広は立ち上って、久米の方へ歩いて行くと、「あの今井に、いくらで話をつけたんだ」

久米は唖然として、

「靖広さん！　私は何も知らなかったんです！　本当ですよ」

と、抗弁した。

「そうか。――じゃ、どうするか、ゆっくり考えるんだな。有能な部長さん」

靖広は、足音も荒々しく出て行ってしまった。

「参った！」

久米は、頭をかかえて、呻《うめ》くように呟《つぶや》いた……。

「チャンスじゃないの！」

と、女が言った。

「ああ。しかし……」

久米は言い淀《よど》んだ。

「しっかりして！　せっかく銀行の人があなたの能力を認めてくれたのよ。頑張って、やってみればいいわ」

——ホテルの一室。

ベッドの中で身を寄せ合っているのは、久米と前田法子である。

「あんまり突然でね。——部長だぜ、ただの。それが突然社長に、と言われても……」

「人生に、そんなことが一回ぐらいあってもいいじゃないの。ね？——みんな、内心じゃ、あの息子よりはあなたの方がずっとましだと分ってる。銀行が後ろについてるのよ。思い切ってやってごらんなさいよ」

「うん……」

久米は、じっと天井を見上げていたが、「君——僕について来てくれるか」

と、言った。

「受付として？」

久米は笑って、

「恋人としてさ」

「ええ、いいわ」

と言って、法子は久米にキスした。

「よし！　それじゃ、やってみるぞ！　失敗してもともとだ」

と、久米は拳《こぶし》を宙へ突き出した。

「その意気！」

久米は、力一杯法子を抱きしめた。まるで二十代の若者のようだった。


一時間ほどして、久米は帰り仕度をし、ホテルを出た。

法子は先に帰っていた。——迷いがふっ切れて、すがすがしい気分だ。

少し冷たい夜気《やき》が、快かった。法子との時間の余熱が、残っているようだ。

夜の道を、久米はあわてず、ゆっくりと歩いて行った。

考えてみれば……ゆっくり歩いたことなんて、あるだろうか、この何年間かで？

いつも走っていた。それも、自分の用ではなく、人に言われて走っていた。

死んだ野崎社長、水田副社長、そして野崎靖広。——みんな、久米を便利に使っていた。

しかし、もう、いいんじゃないか。ゆっくり歩いても。そして、誰か他の、もっと若い人間に走ってもらってもいいんじゃないだろうか。

久米は、もし社長になれば、あの靖広がおとなしくはしていないだろうと分っていた。しかし、これでたとえクビになっても、一度も光の当る舞台に立つことなく終るより、いいかもしれない……。

――コツ、コツ。

女が、歩いて来る。

黒いスーツ、黒い靴。そして、つばの広い帽子に隠れた顔……。

久米は愕然《がくぜん》とした。あれだ！　あれが、〈謎の女〉だ。

女は、凝然《ぎょうぜん》と立ち尽くす久米の方へ向って、真直ぐに歩いて来る。――久米は、まるで見えないロープで縛り上げられたように、動けなかった。

女はどんどん近付いて来る。そして、その不思議な香りすら、久米には届いた。

「やめなさい！」

鋭い声が響く。女がピタッと足を止めた。

真弓が現われた。手にした拳銃の銃口が、女をピタリと見つめている。

「凶器を捨てて」

と、真弓は言った。「もう、これ以上はやめなさい。――向うはあなたのことも消そうとしてるわよ」

女はためらった。素早く女の手が動く。

「やめて！」

真弓が引金を引くより早く、女の体は道に崩れ落ちていた。

「何てことを！」

真弓が駆けつける。「自分で胸を刺したわ！　道田君、大至急、救急車！」

「はい！」

道田が駆け出して行く。

久米は、ただ呆然とその様子を眺めていた。

「しっかりして！」

真弓が女を抱き起こす。――帽子が落ちて、女の顔が見えた。

「誰なんです？」

「分らないんですか？　自分の恋人が」

「法子！」

前田法子だった。——化粧も、ヘアスタイルも全く違うので、別人のようだった。

「彼女は、野崎靖広に無理にこの役をやらされてたんですよ」

と、真弓は言った。「でも、本人もいやになって、やめると言い出した。靖広は、彼女にあなたを殺せと言いつけたんです」

「靖広さんが……。法子！」

法子が、かすかに目を開くと、久米を認めたようだった。

「久米さん……」

「法子。——しっかりしろよ。君はついて来てくれるんだろ。恋人として——いや、女房として」

久米が法子の手をしっかり握った。「元気出せ。僕は女房と別れて、君と一緒になる！」

法子はかすかに微笑んで、首を振った。

「無理……しないで」

「法子——」

「社長に……なって。しっかり……ね」

法子はそれだけ言って、ぐったりと頭を落とした。

「意識を失っただけです。今すぐ病院へ運べば何とか――」

真弓が言いかけると、ゴーッと凄《すご》い音がして、スポーツカーが一台、急停車した。

「真弓！　乗せろ！」

と、淳一が窓から顔を出す。

「あなた！」

「病院まで五分だ」

真弓と久米が、法子を運び込むと、車は猛烈なスピードで走り出した。

――道田刑事が、後で救急隊員に散々頭を下げることになったのである。

「――お茶をどうぞ」

と、内山聡子が、淳一の前にお茶を置く。

「ありがとう」

淳一は、社長室の中を見渡して、「――新しい社長になったら、大分すっきりするだろうね」

と、言った。

「さようですね。久米さんはとてもきれい好きな方ですから」

と、内山聡子は言った。

「その鎧《よろい》も片付くわけだ」

と、淳一は傍の騎士の方へ目をやって、「楯《たて》に残った弾痕《だんこん》と一緒にね」

内山聡子は、淳一をまじまじと見て、

「ご存知でしたか」

と言った。

「銃口を押し付けた跡もない。しかし、他殺にしては、工作がちゃちだ。——君だったんだろう、初め、野崎宏治が熱を上げた〈謎の女〉は」

「一度、試してみたかったのです。自分が、どこまで変れるものか。そして——社長さんが果して私だとお分りになるかどうか、思い切って、やってみました」

「ところが、気付かないどころか、君にすっかり参ってしまった」

「私も、却《かえ》って怖くなってしまいました。あの晩、ここへやって来た私は、社長の目の前で、化粧を落とし、正体を明かしました」

「それで？」

「社長はショックのようでしたが、私でも構わない、と言われました……。もし、結婚してくれなきゃ、自殺するぞ、とおっしゃって……」

内山聡子は首を振った。「もちろん、冗談にですけど、あの銃を手にされて、あの鎧を撃ったんです」

「楯に当った強力な弾丸は、はね返った力で充分に野崎を殺せた。——運の悪いことだったね」

「私、怖くなって、逃げてしまいました。——もう社長が亡くなっているのは確かめましたけど」

「——その後、息子の方が、君のことにヒントを得て、前田法子に同じ格好をさせ、まず水田を死なせた。そして今度は久米を」

「恐ろしい人です。私はもう二度と、あんなスタイルはしませんわ」

と、内山聡子は言って、「行ってよろしいですか？」

「ああ」

内山聡子は、静かに出て行った。——たぶん、彼女は一生、あの通りに物静かだろう、と淳一は思った……。

「——前田法子の意識が戻ったわ」

と、真弓が居間へ入るなり言った。

「そりゃ良かった」

と、淳一はソファで雑誌を見ながら言った。

「これで、野崎靖広もおしまいね。前田法子の証言で、殺意を証明できる。──ねえ、前田法子を刺そうとしたのは？」

「もちろん、靖広さ。水田があぁも簡単に死んで、法子は怖くなっていた。靖広は彼女の口を封じようとした」

「でも──」

「彼女に気付かれなかったのを幸い、次に思いがけず邪魔者になった久米を、彼女に殺させようとした」

「ひどい奴《やつ》！──久米社長は大丈夫なの？　あなた、S銀行の人間じゃないのに」

「N産業に対してはS銀行の人間、S銀行に対しては、経営コンサルタント。──大丈夫。久米がうまくやりゃ、それでいいのさ」

「それはそうね」

と、真弓はソファに身を沈めて、「でも、結局、あなたは何の仕事をしたの？」

「うむ。──あの死んだ社長は、何でも雑多な物を集めていた。しかし中にゃ、高価な絵とか工芸品がいくつもあるんだ。しかし、あんな所に押し込めてあるので、誰も気付いていない」

「じゃ、それを？」

「昨日、新社長が、社長室をきれいに片付けたいということで、古道具屋を呼んで、全部ひとまとめにして売ったんだ」

「その古道具屋って、あなたね？」

「もちろん。トラックで、ごっそりといただいたよ。タダ同然の値段だ」

「私はどう？」

と、真弓がにじり寄る。

「君にゃ、値段がつけられないさ」

と言って、淳一は、真弓をしっかりと抱き寄せてキスしたのだった……。

親は泣いても、子は育つ

1

「子供が家へ帰らないって、困ったもんよね」

と今野真弓は言った。

「そうだな」

と、夫の淳一が答える。「しかし、帰らないのには、それなりにわけがあるんだろうぜ」

「でも、やっぱり帰るべきよ」

と、真弓は主張した。「蛙《かえる》だってちゃんと帰ってるのに」

「蛙がどうかしたか?」

「〈蛙の子は帰る〉って言うじゃないの」

淳一は、あえて訂正しなかった。何しろ妻の真弓の思い込みの強さは、よく分っているのである。

本当なら、真弓が「思い込みの激しい」性格というのは、あまりうまくないことかもしれない。何といっても、警視庁捜査一課の刑事なのだから。

それに比べて、夫の今野淳一の方は、臨機応変が常に求められる、最もデリケートな職業の一つ、「泥棒」であった。

少々珍しい取り合せの二人だが、至って仲良くやっていることは、今も真夜中に、ベッドで身を寄せ合っているのを見てもよく分るというもので……。

「ところで、何があったんだ？　家出人捜しの担当になったのか」

「そうじゃないの。一課に、安川《やすかわ》さんって刑事がいるの。もうベテランで、五十歳くらいかな。とても真面目《まじめ》で、いい人なのよ」

「安川か。憶《おぼ》えとこう」

と、淳一は肯《うなず》いた。

「ところが――一人娘がいてね。まどか、って名なんだけど、この子がフラフラ夜の盛り場をうろついてて、年中補導されてるの」

「いくつなんだ？」

「十六。——学校にはほとんど行かないで、昼間から遊び歩いて、親を心配させてる、ってわけ」

「なるほど。父親は時間が不規則だろうけどな」

「刑事ですものね。宿命よ」

「母親は？」

「いないの。父一人、子一人。それで、つい遊びを憶えちゃったんでしょうね」

「その子がどうかしたのか」

——真弓は、しばらく考えていたが、

「ねえあなた」

と、身をすり寄せて来る。

「何だ？」

「これはね、とても話すのが辛《つら》いことなの」

「じゃ、黙ってろよ」

「でも話さないわけにはいかないのよ」

「じゃ、話せよ」

「それには勇気がいるの」

と、真弓は言った。「あなたにしか、それは与えられないのよ」

「それで——何だい、一体？」

「話す前に、私に勇気を与えてくれなくちゃ！」

「分ったよ」

と、淳一はため息をついて、「つまりは——こういうことだろ？」

と、真弓にキスして言う。

「そういう——こと」

と真弓もキスを返して……。

二人が「勇気」を与え合っている間に、目を盛り場へ転じると……。

「見たか？」

待ち合せた場所へ来るなり、安川喜造《よしぞう》は言った。

「いえ、今夜は」

と、安川の部下、山口《やまぐち》刑事は答えた。

「そうか。しかし、どこかにいるはずだ」

と、安川は言った。「電話をしても出ないし、必ず外出してるんだ」

「でもこの辺とは――」

「いや、この辺さ」

安川は苦々しげに言った。

「分りませんよ。ただお友だちの家へ遊びに行っているとか……」

山口刑事は、とりなそうとするかのように言った。

「俺《おれ》には分ってるんだ」

と、安川は言った。「まどかの奴《やつ》、今夜もどこかこの辺にいるはずだ」

山口は、黙って肩をすくめた。

山口刑事は今年二十六歳の独身。安川と組んで何年もたつが、このところ、本来の仕事でないことに時間をとられることが多くなっている。

「すまんな、山口」

と、安川は言った。「お前にまで付合せちまって」

「いや、そんなこと、構わないんです。でも、まどかさんのことも、少しは信用してあげないと」

安川は苦笑した。

「信用したいさ、俺だってな」

と、少しやけ気味に言って、「それができないから――」

と、言葉を切る。

「安川さん……」

「見ろ」

と、安川が顎《あご》でしゃくった方へ目をやると、ジーンズの上下姿の少女が、足早に通り抜けていく。

「まどかさんですね……」

と、山口は言った。「どうします？　連れて来ましょうか」

「いや、どこへ出入りしているのか知りたい」

と、安川は言った。「後を尾《つ》けよう」

――尾行はお手のものである。

まどかは、一回も後ろを振り返ることなく、盛り場を足早に通り抜けて行く。

途中、いくつかのグループに声をかけられたが、無視していた。あるいは、本当に耳に入らないのかもしれない。

「何だか、怒ってでもいるみたいですね」

と山口は言った。

「ああ。怒ってるんだろう。この『汚ない世の中』ってやつにな。今どきの若いのは、みんなそうだ。自分がぐれたことまで『世の中』のせいにする」

「安川さん」

山口が、足を止める。

安川まどかは、派手なネオンサインの、ディスコへと入って行った。

「ディスコか。お決りのコースだな」

と、安川は言った。

「どうします？」

「あの店、知ってるか」

山口は、この辺を前にパトロールしていたので、結構詳しい。

「ええ……」

山口は少しためらいがちに肯いた。「マリファナからクラック、エクスタシーまで、あそこなら何でも手に入ると評判です」

「麻薬か」

「もちろん、まどかさんがそんなものをやっているとは思いませんけれども」

「分るもんか」

「踏み込むには、理由がないですが」

「うむ。——仕方ないな。出て来るのを待とう」

と、安川は言って、腕を組んだ。

安川はそういう点、厳格な男である。令状なしに踏み込んだりは決してしない。

まどかは、しばらく出て来なかった。三十分ほどして、山口がたまりかねたように、

「見て来ます。安川さん、ここにいて下さい」

と言った。

「しかし——」

「客として入りゃいいんですから。刑事がディスコへ入っちゃいかんという法はないでしょう」

山口の理屈に、安川は苦笑して、

「分った。ともかく、まどかに、俺がここで待っていると伝えてくれ」

「分りました」

山口が、そのディスコへと歩き出したときだった。

ディスコから、突然客たちが飛び出して来た。——山口と安川は顔を見合せた。

「何かあったな。行こう！」

と、安川が駆け出す。

しかし、何といってもディスコの出入口は狭い。次々に客たちが出て来るので、安川たちは、なかなか入れなかった。

「火事だ！」

と叫ぶ声がした。

煙の臭《にお》いが洩《も》れ出て来る。

それで客が一斉に逃げ出したらしい。

やっと客が途切れた。

「入るぞ！」

安川は先に立ち、まだ遅れて逃げようとする客をはねのけながら、ディスコの中へ入った。

「火事じゃない」

と、安川は少し煙ったフロアを見回して言った。「火事なら、こんなものじゃすまないよ」

「でも、今逃げた客の中に、まどかさんはいましたか？」

「いや、見なかった。いれば気付いたと思うが……」

「じゃ、どこにいるんだろう。もし奥にいるとか――」

山口はハッとした様子で、「安川さん！　あれは……」

いつの間にか、まどかが立っていた。

空っぽになったフロアで、華やかな光を浴びて、まどかは放心したような様子で立っている。

その右手には、黒光りする拳銃《けんじゅう》が、握られていた……。

その姿は、まるでスポットライトの中に登場したアイドルスターのようでもあった。

「まどか！」

安川が駆け寄ると、まどかが反射的に銃口を父親へ向ける。

「まどか……。俺を撃つ気か」

「まどかさん！　しっかりして！」

山口に言われて、まどかはハッと我に返った様子で、

「お父さん……」

と、やっと気付いた様子。

「それをよこせ」

差し出された父の手に、拳銃をのせる。

「銃身が熱いな。撃ったのか？」

まどかが黙って肯く。

「安川さん」

「まどかを見ていろ」

安川は奥のオフィスへと入って行った。

山口は、まどかの顔を覗《のぞ》き込むようにして、

「大丈夫かい？」

と言った。「心配しなくていい。別に火事じゃないらしいからね」

「火事？」

まどかは、ポカンとして、それから笑い出した。「それで、誰《だれ》もいないのね」

「何の煙かな。ともかく——」

「私が燃やしたの」

と、まどかは言った。

「何を？」

「書類。あの奥のオフィスで」

「しかし——なぜ、そんなことを？」

「だって、面白いんですもの」

と、まどかはそう言って笑った。

少しヒステリックな笑いだ。

「何をしたんだ？　君、あんな物持って、何を——」

「今、お父さんが見付けて来るわ。——死体をね」

安川が青ざめた顔で、戻って来た。

「安川さん、どうしました？」

「人が死んでいる。胸を一発、やられて。ここの支配人らしい」

「そうですか」

「それと、何か燃やしている。その煙がこのディスコの中に立ちこめたんだ」

安川は、娘の前に立った。「——まどか。どういうことだ。説明しろ」

「するほどのこともないでしょ。見れば分る通り」

と、まどかは平然と言った。

「お前が撃ったのか」

「うん」

「火をつけたのは」

「私」

――まどかは、もう少々のことでは動じなくなっている。

「そうか……」

安川は青ざめて、もう娘と話をしても仕方ないと思っている様子だった。

「山口」

「はい」

「手錠をかけろ」

「は?」

「手錠だ」

「しかし……逃げるとは思えませんよ」

「かけろ!」

と、安川が怒鳴った。

まどかがおとなしく両手を揃《そろ》えて、山口の方へ差し出す。山口はため息をついて、その細い手首にガシャリと冷たい手錠をかけたのだった……。

2

「何ですって?」

と、真弓は言った。

「今朝《けさ》、聞いたんです」

道田刑事は、真弓と淳一の朝食の席を邪魔して、気が気ではない様子だった。

「道田君、コーヒーでも飲めよ。こっちもすぐすむから」

淳一がカップを出して来て、コーヒーを注《つ》ぐ。

「どうも……」

道田刑事は真弓の部下の、「超」の字のつく真面目人間である。真弓に惚《ほ》れていて、その命令ならば何でも聞くせいもあるかもしれない。

「じゃあ……安川まどかが釈放されたっていうの?」

「そうなんです」

「でも——自白してるんでしょ?」

「それが、彼女の手から硝煙《しょうえん》反応が出なかったそうで……。誰かをかばっているんじゃないか、というわけです」

「そう……。何だかすっきりしないわね」

と、真弓は言った。「あなた、どう思う?」

「うむ? そうだな。とりあえずは泳がせてみようってことじゃないのか」

と、淳一はトーストを食べながら、「その父親の方はどうした」

「今、謹慎《きんしん》中です」

と、道田が言った。「辞表を出しているそうですが、今のところ預りになったままだとか」

「なるほど。——おい、やはりその娘を見張った方がいいぜ。どうやら、この事件は裏がありそうだしな」

「そうね、同感だわ」

真弓は何でも淳一の意見に賛成するくせがある。

「——道田君がいいんじゃないかな」

と、淳一は言った。「やはり、十六の女の子だろ? 道田君のような若い、真面目な青年がそばにいるのが一番だ」

「は、はい」

道田が、言われつけないことを言われて緊張している。

「そうよ。道田君、すぐ出かけて、まどかさんにピッタリとついて歩きなさい」

「ピッタリとですか……」

道田が赤くなって、「でも――やはり、それは問題が……」

「尾行しろと言ってるのよ！」

「そうですか」

道田がホッと息をついた。

――淳一は、道田がコーヒーも飲まずに出て行った（出された）後、

「俺も仕事があるんだ。出かけるよ」

「昼間から？　珍しいわね」

「泥棒ってのは、結構大変なんだぜ」

と、淳一は真面目な顔で言った……。

安川喜造は、マンションの前で、ためらっていた。

中へ足を踏み入れれば、もう戻れないことは分っている。――いつもそうだ。

しかも、今は謹慎中の身である。こんな所へ来てはいけない。

そうだ。やはり引き返そう。

安川がマンションの入口に背を向けて、歩き出そうとすると、タッタッと足音がして、

「待って」

と、呼ぶ声がした。

「何だ——どうして分った」

と、安川は、井原郁子《いはらいくこ》を見て、言った。

「こんな格好で出て来たのよ」

と、ガウン姿の井原郁子は、ちょっと照れたように笑って、「窓から見えたの、あなたの来るのが。——でも、一向にインターホン、鳴らないし。で、下りて来たのよ」

「そうか……」

「聞いたわ。——娘さん、大変ね」

「ひどい話さ」

と、安川は肩をすくめた。

「ともかく上ってよ」

「しかし……」

「いいでしょ。今のあなたには、必要だわ」

安川もそれ以上、逆らわなかった。井原郁子と二人で、中へ姿を消す。

道ばたに駐車してある車のかげから、一人の女の子が出て来た。

もちろん、安川まどかである。

マンションに父親とその女が消えるのを見届けると、ちょっと目を伏せて、歩き出した。

目の前を誰かが遮《さえぎ》る。

「——何ですか」

「ちょっと話があるんだがね」

と言ったのは、もちろん淳一である。

「私が誰だか知ってるの？」

「安川まどか君だろ」

「人殺しよ。怖いのよ」

淳一は、まどかの言い方を聞いて、笑い出した。

「何がおかしいのよ！」

まどかがむきになって、怒鳴る。淳一は笑いがおさまらない様子で、

「お化けのふりでもしちゃどうだ？　もう少しは怖く見えるぜ」

「失礼ね！　人を子供扱いして」

真赤になって、まどかが淳一をにらみつけたが――やがて、当人もふき出してしまったのである。

まどかの笑い声は、いかにも若く、明るく、空へ突き抜けそうだった……。


「――若い刑事が、君のことを見張ってなかったかい？」

と、淳一は訊《き》いた。

安川が入って行ったマンションの見える喫茶店。――安川は、まだ出て来なかった。

「あの人、刑事さんだったの？」

と、チョコレートパフェを食べながら（その勢いに、淳一は圧倒されていた）、まどかは言った。

「何だと思った？」

「何か……。後を尾《つ》けて来るのはいいけど、ほんの二メートルくらいのとこにピッタリついてるのよ。刑事さんなら、あんな尾行しないだろうと思ったから……」

「道田君らしい。真面目人間でね」

「そう。私、てっきり、高山《たかやま》の仕返しに来たヤクザか、でなきゃ変態さんかと思った」

「高山ってのは、君が撃ったと言っている、あのディスコの支配人だな」

「撃ったの」

と、まどかは強調した。

「そういうことにしとこう。で、道田君はどうした？」

「地下鉄の駅でトイレに入ったの。出たら、あの人が女子トイレの入口のすぐそばで待ってたから、『痴漢！』ってわめいちゃった。駅員さんとか駆けつけて来て、あの人をとり押えちゃったの。何だか気の毒になったけど、そのままさっさと電車に乗っちゃった」

淳一は、今の道田の心情を思って、涙せずにはいられなかった（？）。いや、むしろ、真弓に何を言われているか、そっちの方が心配である。

「この役立たず！　二度と私の前に顔を出さないで！」

くらいのことは言いかねない。

道田の傷つきようは、相当なものだろう。——後で慰めといてやろう。自殺でもされたら後味が悪い。

「私……何か悪いことした？」

と、まどかが気にしている様子。

「ま、いいさ。ところで――」

と、淳一は話を変えた。「君はあの女性のことを知ってたんだね？」

「ええ……」

と、まどかはちょっと目を伏せる。「汚ならしいわ！　私には、ちょっと帰りが遅くなっただけでもガミガミ言っといて。自分はあんな女と……。今、あんなことがあって、謹慎中なんでしょ。それなのに――」

「何という女だい？」

「井原郁子。――三十くらいかな。もちろんお父さんが囲ってるってわけじゃないのよ。そんなお金ないものね」

「そりゃそうだろう。刑事は安月給だ」

真弓がここにいたら、話が「待遇改善」の方へずれるところだ。

「でも、あの女も何してるのか分らないの。――私、調べてみたんだけど、働いてる様子ないし」

「ほう」

「もちろん、調べるっていっても、大したことできないけどね。一度、あの女のことで、お父さんと大ゲンカして。そのとき、お父さんはあの人が普通に勤めている人だって言ってた。——嘘《うそ》つき！　子供に嘘つくな、とか言っといて」

十六歳か。淳一は微笑《ほほえ》みながら、まどかを見ていた。

自分の親に、一番潔癖さを求める年代である。しかも、父親は刑事と来ている。

「なあ」

と、淳一は言った。「どうして高山って男を殺したのか、話してくれないか」

「何となくよ」

「信じられないね。君の目を見れば、君がクスリなんかやってないことはすぐに分る。君は、ちゃんとした理由があって、高山を撃った。——そうだろ？」

まどかは、じっと淳一を見ていたが、

「何だか変った人ね、あなたって」

と、言った。「正直よね、きっと。でも、いつもお父さんが私に説教するときに言う『正直さ』とは違うみたいな気がする」

「そうだな。まあ多少違うだろう」

　まどかは、少し間を置いて、

「高山はね、麻薬を売って稼いでいたのよ」

「あの辺の店じゃ、珍しくないだろう」

「そう。でもね、私の友だちが……。高校で同じクラスにいた子なんだけど、あそこで知らないうちに酔わされて、クスリを注射され、めちゃくちゃになっちゃったの。私、本当に頭に来て――」

「それで乗り込んでって、天誅《てんちゅう》を加えたってわけか」

「テンチュー？　それ、新しいお酒か何か？」

「いや、いいんだ」

と、淳一は言った。「しかし、その後で何を燃やしたんだい？」

「あの――リストを見付けたの」

「リスト？」

「そう。お客――というか、あそこでクスリを買ってる人の。そこに友だちの名前も入ってて……。やっぱりばれると、警察に捕まるでしょ。だから……」

「なるほど。――友だちの名前を隠すために、そのリストを燃やしたってわけか」

「そう」

と、まどかは肯いた。「信じてくれる？」

「ああ、もちろんだ」

「良かった！」

まどかがニッコリ笑った。

「信じてあげるから、その代り、夕ご飯を付合ってくれないか」

「え？」

まどかは目を丸くして、「私のこと、誘惑してるの？」

「そうじゃない。君が振った道田君を励ます会をやりたいのさ」

と、淳一は言った。


「それでね、言ってやったの」

と、真弓は言った。「『この役立たず！　二度と私の前に現われないで！』ってね」

そして真弓はニッコリ笑うと、

「もちろん本気じゃなかったのよ、道田君。分ってるでしょ？　これだけ生死を共にして来た相棒ですものね……」

「は、はい……」

と、道田は胸が一杯になっている様子。「真弓さんにそう言っていただけると……」

しかし、道田の目の下には、まるで墨で描いたようなくまが、はっきりと出ていた。可哀《かわい》そうに。相当思い詰めたに違いない。

「さ、どんどん食べてね。今日はうちの人のおごりよ」

中華料理の店で、淳一たちは安川まどかを加えて、丸テーブルを囲んでいた。

「面白い人がいるのね、刑事さんでも」

と、まどかはそっと淳一の方へ囁《ささや》いた。

「みんなこんな風でも困るけどね」

と、淳一もそっと答えた。

食卓は大いに盛り上った。一番盛り上っているのは、真弓だった。——どうして真弓が盛り上るのか、当人もよく分っていない様子だったが。

淳一も呆《あき》れるほどよく食べて、まどかが化粧室へ立つと、

「でも、いい子じゃないの」

と、真弓が言い出した。「道田君、お嫁さんにしたら？」

「は？」

道田が目を丸くする。

「おい、待てよ。ともかく、高山を殺したのは誰かって問題があるんだぜ」

「そんなの、構やしないわよ。若い子たちに麻薬を売りつけるなんて！　死んで当り前だわ」

「ま、同感だけどな。しかし、あの子は何か隠してる」

「そりゃそうよ。撃ったのはあの子じゃないんだし」

「その他にもだ」

と、淳一は、ゆっくりとジャスミン茶を飲みながら言った。「リストを燃やした、と言ったが、そんな証拠になるようなもんを、高山が、すぐ目につく所へ置いとくわけがない。それに、もしあの子がやったんじゃないとしたら、誰がやったのか。そしてなぜあの子は自分がやったと言ったのか」

「仕事のことは忘れてたのに」

と、真弓はむくれている。

そこへ、まどかが戻って来た。

「――どうした？」

と、淳一が訊く。「心配そうな顔だぜ」

「お父さんが心配してるといけないと思って、電話入れたけど、誰も出ないの。変だわ。まだあの女の所にいるのかしら」

と、いぶかしげ。

淳一は、少し考えていたが、

「どうだ。少し散歩して腹ごなし、といこうか」

「どこへ？」

「井原郁子のマンションまでさ」

3

「――おかしいな」

と、淳一はマンションを見上げて言った。「確かに、あの部屋なんだね？」

「そう。五階の、右から三番目」

と、まどかが肯《うなず》く。

「何がおかしいの？」

と、真弓が言った。

「もう夜のこんな時間だぜ。カーテンが開いたままだ」

「そう？」

真弓は目をパチクリさせた。

「よく分るわねえ」

と、まどかがびっくりしている。

「夜目《よめ》がきくのさ。訓練してあるんでね」

「どうして、そんな訓練してるの？」

「そりゃ、夜遅くでもガス洩《も》れを見付けられるようにだよ」

と、淳一は真顔で言った。「インターホンを鳴らしてみよう」

――しかし、いくら一階のインターホンのボタンを押しても、返事はなかった。

「出かけてるのかな」

と、まどかが言った。

「気になるな」

と、淳一は呟《つぶや》くと、「おい、真弓、ここの管理人に言って、インターロックを開けてもらえ。五階へ行って、井原郁子の部屋のドアの前で待ってろ」

「あなたはどうするの？」

「中からドアを開けるから」

と、淳一は言って、マンションを出て行った。

「——どうやって開けるの?」

と、まどかが不思議そうに真弓に訊《き》く。

「さあね。あの人はときどき変ったことをやるのよ」

と、真弓は言って、「道田君、ここの管理人を捜して来て」

「はい!」

元気をとり戻した道田が駆け出して行く。

「すてきな人ですね」

と、まどかが言った。

「そう?」

真弓は、やっぱりこの子と道田君を結婚させるべきかしら、などと考えていた……。

淳一は、外の非常階段を五階まで上ると、身軽に、一番手前の部屋のベランダへ飛び移った。もちろん、これぐらいのことは、朝飯前である。

幸い、ベランダはつながっている(もちろん部屋ごとの仕切りはあるが)ので、三つめの部屋まで行くのは造作《ぞうさ》なかった。

パタパタ。——頭上で妙な音がして、見上げるとロープが、屋上から下って、風で揺れているのだ。

ロープの下端は、この階の少し上まで来ている。誰かが忍び込んだのだ。

淳一は、用心しながら、ベランダの戸に手をかけた。——やはり開いている。

誰かが忍び込んだことは間違いない。

中へ滑り込むと、淳一はしゃがみ込んで、中の気配を窺《うかが》った。

人が動く様子はない。そっと立ち上ると、その居間を抜けて、開きかけたドアから奥へと入って行く。

そこに——人影があった。

玄関のドアを叩《たた》く音。そして人の気配が——。ベランダへ出る戸が開いた。

淳一は、少し迷ったが、ここは焦ってもむだだと思った。玄関へ行って、鍵《かぎ》をあけてやる。

と、真弓が言った。

「何かあった?」

「うむ。奥の寝室だ」

と淳一は言って、「君は行かない方がいいかもしれないよ」

まどかは、淳一の顔を見て、キュッと唇をかみしめると、真弓たちの後について行く。

淳一は、ため息をついて、寝室へと戻って行った。

――床に、ガウン姿の女が――井原郁子だ――倒れている。そして、それを呆然《ぼうぜん》と見下ろしているのは、安川喜造だった。

「お父さん……」

と、まどかが声をかけると、安川はゆっくり顔を動かし、

「まどか……。何してるんだ？　家へ帰らなきゃいかんぞ」

と、呟くように言った。

「何言ってるの！　しっかりしてよ！」

まどかが、父親の腕をつかんで、「何をしたの！　何があったのよ！」

と、叫んだ。

真弓が、井原郁子の方へかがみ込んでいたが、立ち上って、

「死んでるわ」

と、言った。「首を絞められてる。道田君、連絡して」

「はい……」

道田は呆然としていたが、急いで電話をかけに行く。

「――安川さん」

と、真弓が言った。「どうしたんです？　この女《ひと》を……」

「分らん」

と、安川は首を振った。

「分らないって――」

「何も憶《おぼ》えてないんだ」

と、安川は言った。「本当だ。気が付くと、ここに女が倒れてた。そして――動けなかったんだ、俺は……」

「お父さん、この人を殺したの？」

まどかの問いに、安川は辛《つら》そうに眉《まゆ》を寄せた。

「分らん……。何も憶えていないんだ」

と、安川はくり返した。

「どうしたらいいんだろう？」

と、まどかは言った。「――父と娘で殺人犯？　よくできたもんね」

「投げやりになるな」

と、淳一は言った。「いいかい、井原郁子を殺したのがお父さんじゃない、と考えてみるんだ」

「それは……」

「すると、犯人は誰か。――たぶん、君のお父さんは薬をのまされたんだ」

「ええ……。それしか考えられない」

と、まどかは元気なく言った。

――今野家の居間である。

まどかが釈放されたと思うと、今度は父親の方が逮捕されてしまっているのだ。

まどかを一人で放っておくわけにもいかず（真弓が「道田君に任せると、また痴漢扱いされるしね」と言って、道田の寿命を縮めさせた）、結局、一時的に今野家に連れて来たのである。

「もし、薬をのまされたとしたら、のませたのは?」

まどかは少し考え込んでいたが――。

「でも……井原郁子、本人のわけがないよね……」

「どうかな? 二人きりであのマンションにいた。大して広いわけでもない。他の誰かが隠れていて、飲み物に何か入れたというのは不自然だよ」

「じゃあ……井原郁子が、お父さんに薬を？　どうしてそんなことを……」

「さてね。――もちろん、井原郁子は自分が殺されるとは思っていなかったろう」

淳一は、熱いココアを、まどかに出してやった。

「ありがとう。――甘いものがおいしい」

と、まどかはゆっくりとココアを飲んだ。

「そう。何か辛いことを受けいれるとき、人間は甘いものが必要さ」

と、淳一は微笑んで言った。

「でも――そうすると、井原郁子って人、誰かにおどされてたのかしら」

「どうかな。むしろ、初めからお父さんを騙《だま》すつもりで近付いた、と見た方が正しいと思うね」

「じゃあ――」

「その内に、お父さんに同情し始める。特に君のことがあって、お父さんは参っていたはずだ。それで井原郁子は、もうお父さんを騙すのをやめようとする」

「それで殺された？」

「そう考えた方が筋が通る。そうじゃないか？」

まどかはゆっくりと肯いて、

「でも、それじゃ、誰が一体——」

「それはこれから調べるのさ」

と、淳一は言った。

そこへ真弓が帰って来た。

「——くたびれた！」

と、居間のソファにドサッと座り込む。

「おい、どうしたんだ？」

「仲間の——それも大先輩を調べるのよ。辛いわ」

「何か分ったのか」

「当人の話じゃ、井原郁子とベッドへ入る前に、お茶を飲んだっていうの。で、話してる内に眠くなって、ふっと眠って……。でも、気が付いたら寝室に立っていた、っていうのよ。目の前で、女は死んでた、と……」

「それで？」

「でもね、鑑識の報告が入ったの」

と、真弓はため息をついた。「井原郁子の首から、指紋が出たのよ。安川さんのね」

「お父さん……」

と、まどかが顔を両手で覆った。

「——許可はもらってあります」

淳一は、ロープを張った入口で、警官に真弓の書いた「許可証」を見せた。「——読めますか?」

「はあ」

と、その巡査は、じっと額《ひたい》にしわを寄せて、真弓の読み辛い字のメモを見つめていたが……。「これは何語で書いてあるんですか?」

真弓が聞いたら、拳銃でもぶっ放していたかもしれない。

ともかく、ディスコの中へ淳一は入ることができた。

フロアは、ほんの数日使わないだけで、埃《ほこり》っぽく汚れて、どこにも夜の華やかさは見られない。

「——あの奥か」

淳一は、奥のオフィスへと入って行った。

まだ何となく、空気がくすんでいるような気がする。

オフィスも何だか金ピカ趣味の、けばけばしい場所だった。

床にチョークで描かれた人の形。そこに、高山の死体があったわけだ。

灰皿がテーブルの上にのせてあり、何か燃やした跡がある。中の灰は、鑑識で持って行ったのだろうが、いくら技術が進んでも、完全に灰になってしまえば、どうすることもできない。

安川まどかは、ここで何を焼いたのだろう?

足音がして、淳一は振り向いた。

「誰だ?」

と、中を覗《のぞ》いた男が言った。

「今野淳一です。真弓の亭主で」

「ああ、今野さんの」

と、ホッとしたように、「山口です」

「安川さんと組んでいた刑事さんですな」

「そうです。いや、とんでもないことになって」

と、山口は首を振った。「何の用事で?」

「いや、何かないかと思ってね」

と、淳一はオフィスの中を見回した。「あのとき、あなたも一緒だったんですね」

「そうです」

「ここまで入ったんですか」

「もちろん。しかし、後で入ったんです」

「というと？」

山口は、まどかが拳銃を手に出て来て、安川がここへ見に入ったことを説明した。

「なるほどね」

と、淳一は肯いた。

「しかし、まどかさんは撃ってない。硝煙反応が出ていませんからね。どうして嘘をついたんだろう」

「そこは分りませんがね」

と、淳一は言った。「しかし、撃ったのが誰かは見当がつきますよ」

「本当ですか？」

と、山口が目を丸くする。

「安川さんは、まどかさんの手から拳銃をとり上げて、この中へ入って来た。――一人でね」

「待って下さい。それじゃ……」

「他に考えられますか？　高山を撃ったのは、安川さんですよ」

「でも銃声は――」

「いくらでも消すことはできます。クッションに押し付けたりしてね。そのクッションを片付ける時間はあった」

「それはそうですが……」

「安川さんも、高山を許せないと思ってたんでしょうな。しかも、娘までも、手をつけようとしている、と思った。殺すのに、ためらいはなかったでしょう」

淳一の言葉に、山口は啞然《あぜん》としていた様子だった。

淳一は、

「では失礼。――もちろん、今のは僕の個人的見解でしてね」

と言うと、足早にディスコのオフィスを出て行ったのだった。

4

「やっぱりお父さん、クビね」

と、まどかが言った。

「元気出して」

と、真弓がまどかの肩をポンと叩き、「刑事だけが仕事じゃないわ」

あんまり慰めにはならないだろうな、と淳一は思った。

「無罪が立証されりゃ、そんなこともないだろうぜ」

と、淳一が言った。

「じゃ、あなた、何とかしてあげなさいよ」

真弓はすぐにそういう発想になる。

「お前が本当の犯人を捕まえりゃいいんだ」

「あ、そう。そういういやみを言うのね。分ったわ。私、出て行くわ」

「どこへ行くんだ？」

「そうね」

と、少し考えて、「じゃ、あなたが出てって」

「無茶言うな」

聞いていたまどかが笑い出した。

「楽しそうですね」

「そう？」

と、真弓は少々むくれつつ、言った。

電話が鳴り出した。淳一が出ると、黙って耳を傾けていたが……。

「——まどか君。君にだ」

「私？」

「おい」

淳一が肯《うなず》いて見せると、真弓が即座に他の電話のスイッチを押す。——これで通話内容の録音ができる。

「もしもし」

と、まどかが代って、「——はい、そうですけど。どなた？」

「よく聞きな」

男の、押し殺した声。

「何ですか」

「親父さんはあの女を殺してない」

「え？」

「証拠がある。犯人を知ってるんだ、俺は」

と、その声は言った。

「誰なんですか、犯人は」

「知りたきゃ、今夜、十二時にK公園へ来な」

「K公園？」

「そうだ。そこに来りゃ、教えてやるよ」

と、その声は言った。「ただし、一人で来るんだ。分ったな」

「ええ……。あなたは誰？」

と、まどかが言ったとき、もう電話は切れていた。

「何かしら？」

と、真弓が言った。

「いつも犯人ってのは、余計なことをして、尻尾《しっぽ》を出すのさ」

淳一は、ニヤリと笑った。「今夜十二時。——K公園まで出向こうじゃないか」

「でも、一人で来いって……」

「君が一人では行かないことぐらい、向うも分ってる」

「本当ですか？」

「もちろん、ちゃんと隠れてついて行くからね。心配しなくていい」

「はい」

「俺と道田君で行こう」

「あなた」

と、真弓が夫をにらむ。「妻の私が信じられないのね」

「そうじゃない。お前はいわば司令官だ。司令官が勝手に出歩いて、どこにいるか分らなくっちゃ、困るだろう」

「そりゃそうだけど」

「だろ？　お前はここで連絡を待ってりゃいいんだ」

淳一が真弓の肩をやさしく抱く。

「あなたって、口がうまいわ」

「今ごろ気が付いたのか？」

二人はそっとキスをした。

「あの……」

と、まどかが言った。「外へ出てる、私？」

「大丈夫でしょうか」

と、道田が言った。

「何がだい？」

淳一は、少し前を行くまどかの後ろ姿を見ながら、訊《き》いた。

「いえ……。夜中ですよ」

「分ってるよ」

「もし――また痴漢に間違えられないでしょうか」

よほど応《こた》えたとみえる。淳一は同情していた。

「大丈夫。一人じゃないんだよ、こっちは。ちゃんと証人がいる」

「そうですね」

と、道田がホッとしている。

「そろそろK公園だ」

街灯の明りに、まどかの姿が見えている。

「大丈夫ですかね」

と、また道田が言った。

「痴漢のことかい？」

「そうじゃなくて、我々がつけてることを、相手が気付いたら……」

「そんなことか」

「そんなことって――」

「どっちでも同じさ」

と、淳一は言った。

「どうしてです?」

「見ていれば分るよ」

――K公園の入口で、まどかはちょっとためらった。

こんな時間には、人がいない。ともかく中に入るしかない。

公園の中へ足を踏み入れ、ゆっくりと歩いて行く。――すると、公園の中へ少し入った辺りで、まどかは男の姿を認めて、足を止めた。

あれだろうか? 他には、それらしい人間もいない。

まどかは、思い切って、その人影へ向って歩いて行った。

その男の姿は、街灯の明りを背にして、黒い影にしか見えない。まどかは少し手前で足を止め、

「あの――」

と、言いかけた。

そのとき、銃声が公園の静寂を破って、まどかは胸を押えて倒れた。

「大変だ！」

道田が駆け出す。

立っていた男は、ポカンとしている。――道田が、

「貴様！」

と、胸ぐらをつかむと、

「何です……。私は何も……」

と、目を白黒させる。

「道田君」

と、淳一が言った。「撃ったのは、そいつじゃない」

「え？」

道田は、自分が捕まえているのが、どこにでもいるホームレスだと気付いた。

「じゃ、そのホームレスは――」

「誰か顔を隠してる奴に頼まれたんだそうだ」

と、淳一は言った。「あそこにただ立っているだけで金をやる、と言われて」

「卑怯《ひきょう》だわ！」

と、真弓が言った。

「全くだ」

ドアが開いた。

「——安川さん」

と、真弓が振り向いて、「こんなことになって……」

「まどかは——」

「ここです」

病院の霊安室。——ひんやりとした空気の中、白い布で覆われたまどかが、眠っていた。

「何てことだ……」

安川は、ぼんやりして、まだ涙も出ない様子だった。

「安川さん」

と、やって来たのは、山口刑事だった。

「山口か」

「まどかさんが……。本当ですか」

「ああ。そこに――いるよ」

山口は遺体のそばへやって来ると、

「あんなに若かったのに！――どうしてこんなことに？」

と、真弓へ訊く。「僕がついてるんだった！」

「とても安らかな顔ですよ」

と、淳一が言った。「見てやって下さい」

山口は、そっと死体にかけた白い布をめくった。

「生きてるみたいだ……」

と、まどかの顔を見下ろして、山口が呟《つぶや》く。

すると――突然、死体《ヽヽ》がパッと起き上ったのである。

「ワアッ！」

山口が悲鳴を上げて、尻《しり》もちをつく。

「びっくりした？」

と、まどかが笑って、「私、防弾チョッキ着てたの。ちゃんと分ってたのよ」

「うちへ電話をして来たのは、最悪だったね」

と、淳一は山口を見下ろして、言った。「この子がうちにいることを知ってるのは、警察の人間だけだ。余計なことをすると、自分で墓穴を掘ることになるんだよ」

安川が唖然として、突っ立っている。

「山口が？――どうしてだ！」

「高山と組んで、麻薬の売買に係《かかわ》っていたんですよ。そして、井原郁子も、山口の息のかかった女だった」

「何だって？」

「しかし、井原郁子は、あなたのことを本気で好きになっていた。山口は、あなたが何かに気付いていないか、郁子に探らせていたんですよ」

「じゃ、郁子を殺したのも――」

「もちろん山口です。郁子が、もうあなたを騙《だま》すのはいやだというので、殺してしまった。飲み物に薬を入れ、あなたを眠らせておいて、郁子を殺す。――あなたが記憶を失うことも、ちゃんと分っていた」

淳一は、まだ床にペタッと座り込んでいる山口を見下ろしながら、「ロープで屋上へ逃げられるようにしておいて、あの状態で発見されるのを待った。誰も見てくれないんじゃ、仕方ないわけだからね」

山口は、青ざめていたが、やっと立ち上り、

「馬鹿《ばか》言わないでくれ！」

と声を荒らげた。

「証拠はちゃんとある」

と、淳一は真弓の方へ向く。

「これよ」

真弓が、写真を見せた。「赤外線フィルムでとったの。この子を木のかげから狙《ねら》い撃ったときのあなたよ。しっかりうつってるわ」

「畜生！」

山口が拳銃を抜く。「みんな動くな！」

「やめたまえ」

と、淳一は首を横に振って、「それに、そいつには弾丸が入ってないよ」

「何だと？」

山口が引金を引く。――カチッと音がしただけ。

「弾丸は抜いといた」

淳一が手から床へ実弾をパラパラと落とした。

「こいつ！」

安川が拳《こぶし》を固めて、山口を一発殴った。山口は呆気《あっけ》なくのびてしまった……。

「——良かったな」

と、まどかへ、淳一は言った。「お父さんへの嫌疑は晴れたわけだ」

「うん！」

「しかし、問題は残っている」

と、淳一は言った。

パトカーで、真弓たちは山口を連行して行った。

残った淳一とまどかは、夜明けの道を歩いていた。

「何のこと？」

「高山を殺したのは誰か、さ」

淳一はチラッとまどかを見て、「あれは、やっぱり君が撃ったんだ」

まどかは肩をすくめ、

「もとから、そう言ってるわ」

「君は、お父さんの仕事柄、硝煙《しょうえん》反応のことも知っていた。予《あらかじ》め、手や腕に紙を巻きつけて、高山を撃ち、それから紙を外して、灰皿で燃やした。——そうだね」

「よく分ったのね」

と、まどかは言った。「捕まっても良かったの。友だちをひどい目にあわせた奴だもん。悔《くや》んでない。でも、お父さんが悲しむだろうと思って……」

まどかは両手を揃えて、差し出した。

「僕は刑事じゃない」

と、淳一は首を振って、「お父さんに打ち明けるんだね。君は十六だ。充分やり直せるさ」

「そうね……。人を殺したことは、確かだものね」

「拳銃はどこで手に入れた?」

「あの辺じゃ、何でも買えるのよ」

「そうか」

淳一は肯いて、「じゃ、今度買いに行くかな」

「何を?」

「奥さんにプレゼントする殺人犯でも、二、三人ね」

と、淳一は言って笑った。

無理が通れば道路がひっこむ

1

「昔々……」

と、今野淳一は言った。

「なあに？」

ベッドで身を寄せ合って、ウトウトしていた妻の真弓はトロンとした目を開けて、

「昔――どうしたの？」

「うん？　いや、昔の話さ」

すると、真弓はガバッと起き上って、

「あなた！　昔の女のことを思い出してたのね！」

と、かみつきそうな声を出した。

「何だよ、おい。誰《だれ》もそんなこと言ってないだろ」

「決ってるわ！　昔の女の方が私より良かったって言いたいのね。そうなんでしょ！」

真弓は夫の首でも絞めかねない勢いだった。

「おい、よせってば！　そんなことじゃないんだ。——落ちつけよ」

淳一が言っても、何しろカッとしやすく、かつさめにくいという、物理的に矛盾した性格の真弓は、

「どんな女なの！　ここへ連れてらっしゃい！　射殺してやるから！」

と、わめいている。

警視庁捜査一課の刑事がこんな風では困ったものであるが、そこは夫の淳一も慣れている。

「俺《おれ》がこんないい女房以外の女に目を向けると思うか？」

と、やさしくキスして、「そうだろ？」

「ごまかしたってだめ。そんな手に……乗ると思ってるの？」

「思ってる」

と、淳一が真弓を抱きしめると——まあ、あっさり真弓は「そんな手」に乗っちま

ったのである。

——今野淳一と真弓は夫婦ながら、共稼ぎである。もっとも、ちゃんと税金を納めているのは妻の真弓の方だけ。

淳一は収入が公開できない商売——泥棒なのである。真弓が税務署に勤めていなくて良かった、というべきかもしれない……。

ところで——この三十分ほど後には、すっかり「昔の女」のことなんか忘れてケロッとしている真弓と、淳一の二人は、居間で寛《くつろ》いでいたのである。

時間は夜中の一時。どっちも、朝の九時から夕方五時で終るという商売ではない。

「昔のことだ」

と、淳一は言った。

「ああ、そうだったわね。昔は子供だった、とか?」

「当り前だろ、そんなこと」

と、淳一がコーヒーを飲みながら、「昔、絶大な権力を持っていた皇帝が地図に定規でシュッと真直《まっす》ぐな線を一本引いて、『ここに鉄道を敷け』と言ったんだ」

「いいわね。私もここから警視庁まで地下鉄でも通してほしい」

「ところが、ちょっと手もとが狂ったのかな、ちょこっと直線の途中で、ほんの二ミリほど飛び出した。――臣下《しんか》はうやうやしく命令を忠実に実行し、そのポコッと飛び出したところだけ、山や谷があるわけでもないのに、線路が大きく弧《こ》を描いて敷いてあったってことだ」

「面白い。列車に乗って、その皇帝、びっくりしたでしょうね」

「そうだろうな。しかし、現代でもそれに近いようなことがあるものなんだぜ」

「何の話？」

「〈T生命〉って会社知ってるか？」

「ああ、最近何だか……。そう、何十億円だか出して、ルノアールの絵を買ったって新聞に出た――」

「そう。それだ」

「もったいないことするわよね。ルノアールなんて、銀行のカレンダーとかに、いくらでもついて来てるじゃない。あれ切り取って、額に入れときゃいいのにね」

と、真弓は言った。

「まあ、それはともかく、今日――というか、昨日かな、もう。そのルノアールのお披露目《ひろめ》のパーティがあってな、俺はそれを見に行ったんだ」

「招待されたの？」

「自分で自分を招待したのさ」

「変なの」

「凄《すご》い人出だったぜ。肝心の絵がどこにあるのかと思うくらい、ロビーは大混雑で、中にゃ、商売の話ばかりしてる奴《やつ》もいた。何しに来てるんだかな」

と、淳一は苦笑いした。「そのロビーの隅で、飲物を手に立ってると、争ってる声が聞こえて来たんだ」

「離して！　何するのよ」

若い女の声だった。

そう大きな声ではないし、大きなビルのロビーは天井も高く、集まった人たちの話し声が反響して、ひどくやかましかったので、客の耳には入らなかっただろう。

「社長の命令なんだ」

と、男が言った。「君が来ても、中へ入れるなと」

「何ですって？　あなた――。本気で言ってるの？」

見れば、いかにもビジネスマン、というスタイルの、きちっと髪を分け、スーツを着た男が、二十四、五の女の腕をつかんで、引張って行こうとしている。

「仕方ないだろ。社長の命令なんだ」

と、男はくり返した。「君だって、こんな所で騒ぎを起したら、却《かえ》って困ったことになるよ」

「ちっとも困らないわよ」

女の方は鋭い目で男をにらんでいる。「困るのはそっちの方でしょう」

「ともかく――ね、落ちついて。そっちへ行こう」

と、男の言い方はソフトだが、力ずくで女をロビーからわきへと引きずって行く。

「佐川《さがわ》さん！――あなた、何てことを――」

「やめてくれ」

と、男は遮《さえぎ》った。「もう君とは別れたんだ。関係ないじゃないか」

女は、青ざめた顔でじっと佐川という男を見つめていた。――勝気そうな、目に力のあるしっかりした娘である。

「そう……。分ったわ」

と、女は言った。「あなた……変わったわね」

「仕方ないだろ。僕はここの社員だ。社長から言われりゃ、言う通りにするしか――」

「たとえ元の恋人でも叩《たた》き出すのね」

女の声は震えた。しかし——泣きはしなかった。

「君も、ああ頑固でなきゃ、こんなことにならなかったんだ」

と、佐川は言った。

「頑固でなきゃ?」

女は、ちょっと呆《あき》れたように笑った。「どういうことか分ってるの? 私が社長の愛人になるのを断った。それが『頑固』だっていうの?」

佐川はちょっと目をそらした。

「——分ってるわ」

と、女は言った。「あなたにしてみりゃ、私が社長の大山の言うなりになってれば、出世の足がかりになったのにね」

「そんなことは……」

「違う? 恋人を提供して、その代りに社長に目をかけてもらえるところだった。——悪かったわね、ご期待を裏切って」

佐川は、肩をすくめると、

「何とでも言うさ」

と、開き直って、「しょせん、出世した方が勝ちの世界だ。そうだろ?」

「私はクビになっても、一人の人間として誇りを守ったわ」

と、女は言い返した。

「それで? 今は何をしてるんだ? 小《ち》っぽけな事務所で伝票書きかい?」

女の平手が、佐川の頰《ほお》にパシッと鳴った。

「何するんだ!」

と、佐川は真赤になって、「俺のことをなめると——」

「やあ、立派なビルですな」

と、淳一がフラッと出て行く。

「誰です?」

「そういう口のきき方はいかん。客に対しては、ちゃんと『どなた様ですか?』と言わなきゃね」

と、淳一は言った。「いや、今の一発はいい音だった。このロビーはともかく音がよく響くからね。ここで君がこの娘さんを殴り返したりしたら、パーティの客でも気付く人が出て来るよ。それは社長さんの命令からいって、ちょっとまずいんじゃないかね」

佐川は、ちょっと詰った。そして淳一とその女の方をチラッと交互に見ると、打たれた頬を軽くさすって、

「二度とこんなことするなよ」

と言い捨て、足早に歩いて行ってしまった。

「――やれやれ」

と、淳一は首を振って、「当節、情ない男がふえたもんだ。女性に殴られるのなら、喜ばなきゃ」

女は、ちょっと息をついて、

「どうも……。お見苦しいところを」

と、目を伏せた。

「いやいや。パーティも退屈なんでね。もう帰ろうと思ってたところなんです」

と、淳一は言った。「良かったら、どうです？　その辺でお茶でも」

女はやっと少し気持がほぐれた様子だった。

「私、杉田《すぎ》香《たかおる》と申します。――私の方もついカッとして……」

「話は聞いてましたがね。うちの女房が聞いたら、あの佐川ってのを撃ち殺してたかもしれないな」

と、淳一は言った。

「私だって、殺してやりたいくらいです」

と、杉田香は言った。「一度は婚約までした相手です。佐川法夫《のりお》といって……。でも、社長の大山が、私に目をつけて、愛人になれと――」

「で、佐川はあっさり身をひいた、というわけですか」

「私は即座に会社を辞めました。ところが――」

言いかけて、杉田香の顔がこわばった。

大柄で、ダブルのスーツに大きなバラなどつけた初老の男が、グラスを手にやって来たのである。

「何だ、香じゃないか」

と、その男は言った。「懐しいね。元気でやってるか?」

「大山さん――」

「そう固苦しくなることはない。知らん仲じゃなし。そうだろ?」

と、T生命の社長、大山兼三郎《けんざぶろう》は笑った。「私に会いに来たのかね」

「そうでしたけど……。もういいんです」

「そうか? まあ、私も今はパーティの最中で、出られない。いつでも電話をくれ。

君のためなら時間を割《さ》くよ」

大山はそう言って、「――こちらは？」

と、淳一の方へ目をやる。

「この娘さんをエスコートして来た者です。責任を持って送り届けませんと」

と、淳一は言った。「それに絵に少々趣味があるものでね」

「そりゃいい。私も芸術を愛しているんです。いや、全くルノアールはすばらしい！」

大山は少し胸をそらして笑うと、「じゃ、香、またいつでもおいで」

と言って、パーティの方へ戻って行った。

「およそ芸術を解《かい》するってタイプじゃないね」

と、淳一は言った。「ルノアールも気の毒に。あんな男に買われちゃ――。どうしたんだい？」

淳一は、杉田香が涙を流しているのを見て、当惑した。

「行きましょう」

と、淳一の腕をとる。「お願い。一緒にいて下さい、しばらくの間」

「それはいいけど――」

「何も訊《き》かないで。ただ、一緒にいてほしいんです……」

杉田香は、しっかりと身を寄せ、淳一に自分をあずけるようにして、歩き出した……。


「じゃ、『一緒にいた』わけね」

と、真弓が言った。

「ああ。しかし、誤解するなよ。何もしてないんだからな」

と、淳一は急いで言った。

「そう。――分ったわ。信じるわよ」

「それならいい。ともかく、ひどい話なんだ」

「でも、許せないわ」

「何が？」

「その佐川って男よ。社長の命令で恋人を捨てるなんて！　私なら射殺してやるわ」

「そう言うと思ったよ」

と、淳一は肯《うなず》いた。「ところが、それだけじゃないんだ……。おい、車の音がしたぜ。あれは道田君じゃないか？」

「そんなの空耳でしょ」

道田刑事は真弓の部下で、独身の、少々単細胞の傾向のある青年。人妻である真弓に、恋心を燃やしてもいるのである。

「チャイムが鳴ってるぜ」

「空耳よ」

「ドアを叩いてるじゃないか」

「気のせいでしょ」

「ほら、『真弓さん!』って呼んでるぞ」

「犬が吠《ほ》えてんのよ、きっと」

気が向かないと部下を人間扱いしないというのが、真弓の悪いくせである……。

——淳一が玄関へ出て行くと、

「あ、すみません。おやすみのところ」

と、道田がいつもながらの張り切りぶりで言った。

「真弓は今、仕度《したく》してるよ」

と言っている淳一の目に、居間を出て、大欠伸《あくび》しながら階段を上って行く真弓の姿がチラッと映った……。

「すみません。T生命のビルで、ガードマンが殺されるって事件がありまして」

「——T生命のビル？」

と、淳一は言った。「そこは例の——何十億のルノアールのあるビルのことかい？」

「そうです。絵一枚で何十億なんて、信じられませんね。僕の一生の給料を足したって、いくらになるか……。あれ？」

道田は、いつの間にやら淳一が目の前からいなくなっているので、目をパチクリさせたのだった……。

2

パトカーは延々と続く山道を辿《たど》って行った。

とはいえ、ここがとんでもなく人里離れた山奥というわけではない。山の裾《すそ》には小さな建売住宅がズラッと並んで、その向うには団地もある。

「——どうしてこんな上の方に住んでるんですかね」

と、道田刑事が言った。「やっぱり怪しいですね」

「道田君！」

とたんに、真弓の厳しい声が飛ぶ。「そういう先入観を持って捜査に当ってはいけないって、いつも言ってるでしょ」

「す、すみません」

と、道田があわてて頭を下げる。

真弓は、一回しか言っていないことでも（あるいは、一回も言ったことがなくても）、「いつも言っている」と言いかねないのである。もちろん道田の方も、反論したりはしない。

恋する身には、叱《しか》られるのも嬉《うれ》しいのである……。

「あれね」

古い家だ。もともとは農家なのだろう。

パトカーが停《と ま》って、真弓たちが外へ出ると、家の玄関が開いて——何と淳一が出て来たのである。

「あなた！　何してるの？」

と、真弓が目を丸くした。

「杉田画伯のアトリエを覗《のぞ》きに来たのさ」

と、淳一は言った。「どうだ、やっぱり高い所は空気が澄んでるじゃないか」

「ええ……」

真弓は面食らっている。「杉田画伯？」

「杉田香の父親だ。杉田竜治《たつはる》といって、その世界では知られた画家さ」

「へえ……」

「今、父娘《おやこ》とも家にいる。話を聞くにはちょうどいいところだ」

と、淳一は言った。

「――お茶も出る？」

と、真弓は訊《き》いていた……。


「バス？」

と、真弓が言った。「バスって――お風呂《ふろ》じゃなくて」

「風呂が道路を走るか」

と、淳一が言った。

「ええ」

と、杉田香は肯《うなず》いた。「バスが、このすぐ下の道を走っていたんです」

「すぐ下って――」

「この裏手の方です。今、上って来られたのとは反対側になります」

と、香は言った。「バス停まで五分くらい。こんな所からでも、都心まで通えたのは、そばをバスが通っていたからなんです」

「私が外出するのも、そう苦ではありませんでした」

と、父親の杉田竜治が言った。

絵具の匂《にお》いはしているが、上品な白髪の紳士である。しかし、両足に毛布をかけ、車椅子《くるまいす》に座っている。

「父は、交通事故で両足を潰《つぶ》されて」

と、香は言った。「でも、いつも同じ場所にいては、絵は描けません。休みの日には、よく私が車椅子を押して、裏のバス停まで行き、あちこち出かけたものです」

香はため息をついて、

「ところが――バスのルートが変更になり、バスは反対側の山裾しか通らなくなったんです」

「あの下ですか」

と、真弓は言った。「じゃ、車椅子は――」

「とても不可能です。途中で転倒してしまいますわ。それに、上って来るのはもっと大変です。といって、車の免許を、私、持っていないんです」

「まあ。バス会社もひどいことするのね」

と、真弓は腹を立てている。「射殺してやれば?」

「おいおい」

と、淳一が苦笑した。「そのバス会社ってのは、T生命の関連会社なんだ」

「何ですって?」

「そうなんです」

と、香は肯いた。「大山社長は、私が愛人になるのを断ったいやがらせに、バスのルートを変更させてしまったんです。だって、変更後のルートは、却《かえ》って遠回りで、何もメリットなんかないんですもの」

「ひどい奴だ!」

と、道田もカッカ来ている。「射殺してやりましょう」

物騒なところは真弓に似て来たようである。

「おかげで父は全く外出できなくなりました」

と、香は言った。

「私は想像でも仕事はしていられる」

と、杉田竜治は首を振って、「しかし娘に――。通勤も容易じゃない」

「大丈夫よ、私。足が丈夫になって、いいわ」

と、香が言った。

「それはともかく」

と、杉田竜治が言った。「人殺しがあったとか」

「ええ。あのビルのロビーで。ルノアールを置くようになって、わざわざガードマンを一人ふやして、警備させていたらしいんです。そのガードマンが」

と、真弓が言った。

「気の毒に。で、絵はどうだったんですか」

「絵は無事でした。物音で、他のガードマンが駆けつけたので犯人が逃げたんじゃないかということです」

「なるほど」

と、杉田竜治は肯いた。

少し、間があった。

「刑事さん」

と、香は言った。「どうしてわざわざここへいらしたんですか」

「大山兼三郎が言ったんです。犯人はあなただって」

香は、少し青ざめた。

「そんなことだと思った。言いかねないわ」

と、肩をすくめる。

「香……。何とかしてやれるといいがな」

「お父《とう》さんは関係ないわ。――どうします？　連行されるんですか、私？」

「とんでもない」

実際は任意同行を求めるつもりで来た真弓だが、話を聞いて、全くその気は失《う》せている。

「帰って、大山をけとばしてやるわ」

香は呆気《あっけ》にとられ、それからふき出した。

「面白い方」

「こういう女房ですからね」

と、淳一がため息をついて言った……。

「――ちょっと、あなた」

と、帰りのパトカーの中で、真弓が言った。

「何だ？」

「『こういう女房』って、どういう意味よ」

「そう絡むな」

と、淳一は苦笑した。「しかし、お前の方も困るんじゃないのか?」

「何が?」

「課長にどう説明するんだ? 杉田香を任意同行するはずだったのに」

「そりゃあ……」

と、真弓はちょっと考えて、「忙しかった、とでも言っとくわ」

「それじゃ、課長さんが可哀《かわい》そうだ。——こう言っとけよ。父親は足が不自由。杉田香は父親を置いて逃げることはないので、同行させる必要はない、と判断しました、ってな」

真弓はウットリと夫を見つめて、

「あなたって天才ね!」

と言った。「道田君!」

「はい」

「今、この人の言ったこと、憶《おぼ》えといてね。私、もう忘れちゃった」

「はあ……」

淳一は、つくづく自分が真弓の部下でなくて良かったと思った……。

「ねえ」

と、女が言った。「どう、このドレス？」

「ああ、良く似合うよ」

佐川は、チラッと見ただけで言った。

「ちゃんと見てよ」

と、女はむくれる。

「見てるじゃないか」

「そういやな顔しなくたっていいでしょ。社長に言いつけてやるから」

佐川はムッとする気分を抑えて、

「とてもすてきだよ。――これでいいかい？」

と、後ろから女の肩にキスした。

「そうね……。勘弁してあげる。その代り今夜はベッドで頑張ってね」

「ああ。眠らせないよ」

と、佐川は、戸田《とだ》さつきの脇《わき》の辺りを抱いた。

「さ、出かけましょ」

と、戸田さつきはネックレスをして、「これでよし、と」

ホテルの一室。――今夜は、ここの宴会場でパーティがあり、佐川が戸田さつきをエスコートする役なのである。

部屋を出て、エレベーターへと歩いて行く。

「ね、パーティに、あの絵を持って来るんですって？」

と、戸田さつきが言った。

「そうなんだ。――あんな事件があったから、周囲はピリピリしてる。でも、言い出したら聞かないからな、社長は」

佐川は首を振って言った。

大山の主催するパーティ。――話題のルノアールをパーティに持ち込めば、確かに客の目を奪うだろう。大山好みの、派手な演出ではあった。

そのために、警備会社や部下たちがどんなに神経をすり減らすか、大山は考えたこともないのだ。

「アーア、眠い」

と、エレベーターの中で、戸田さつきは欠伸《あくび》をした。「まだパーティ始まるまで二、三時間もあるんでしょ」

「仕方ないじゃないか。お偉方《えらがた》の接待なんだから」

「そうね……。アーア」

と、また欠伸。

佐川は、正直うんざりしていた。

あの香だったら……。杉田香なら、こんな風じゃなかっただろう。

もちろん、今さらそんなことを考えても仕方ないけれど……。

大山兼三郎は、佐川が付合っていた香に目をつけた。

しかし、この戸田さつきの場合は逆なのである。――さつきは、ほんの数カ月、OLをやっただけで、大山の「女」の一人になった。

今はおこづかいをもらい、マンションにタダで住む身だ。――佐川は、大山から、

「ちょくちょく相手をしてやってくれ」

と言われているのである。

大山の女は、さつき一人ではない。仕事も忙しいし、そう年中さつきの所へ行けないのだ。

そのさつきの「欲求不満」を解消するのが佐川の役目。――これも仕事の内だ、と

自分に言い聞かせてはいるが、さつきはさつきで佐川を「部下」のように思っている。

佐川も、時として、やり切れなくなることがあった……。

香。――ふと、苦いものがこみ上げて来る。

このさつきと会っていると、香がどんなにすてきで、頭が良く、魅力ある娘だったか、よく分る。しかし、もう取り返しはつかないのだ。

――宴会場の一画に、会員制クラブがあって、そこにはパーティの中心になる大物の客が早めに来ている。

佐川は、そこへさつきを連れて行くところなのだ。

「――やあ」

と、ロビーで同僚の一柳《いちやなぎ》に会って、声をかける。

「佐川。社長がお前のこと、捜してたぞ」

「社長が？　そうか。これからクラブへ行くんだ。どうせそっちだろ」

「そうか。――お前はいいな」

同年輩の一柳は、目の下にくまを作り、くたびれ切っている様子だった。「俺はパーティの用意に加えて、あの絵のお守りだ。もうヘトヘトだよ」

「ご苦労さん。一度飲もうぜ」

「おごれよ」

と、一柳は言って、小走りに行ってしまう。

「――あの人、誰だっけ」

と、さつきが言った。

「忘れたのかい？　同じ課にいたろう。一柳だよ」

「ああ、そうか。どうりで見たことあると思った」

と、さつきは笑った。「でも、少しくたびれたとこ、すてきね」

「そうかい？」

佐川は苦笑した。

クラブの重い扉が開いて、佐川とさつきは中へ入った。

中は、夜も昼も分らないような、「別世界」だ。――色々、会社の大きな決定が、こんな場所で下されるのだろうと思うと、佐川などは複雑な気分になる。

「佐川。来たのか」

と、大山がグラスを手に、やって来た。「さつき、あっちの代議士先生の相手をしてろ」

「ええ？　議員さんって、いばってんだもん」

「文句を言うな。早く行ってろ。後から行く」

「はあい」

さつきが口を尖《とが》らせながら、奥のソファへ歩いて行く。

「社長。何かご用がおありとか……」

「そうなんだ。――こっちへ座ろう」

いやになれなれしく肩など抱いて言うので、佐川は却って気味が悪かった。

「まあ、かけろ」

と、大山は、入口の近くのカウンター席に腰をかけた。「何を飲む?」

「仕事がありますから……」

「一杯ぐらいいいさ。俺がいいと言ってるんだ」

「じゃ……水割りを」

と、佐川は言った。

何の用だろう? 大山のポーカーフェイスからは、何も読みとれない。

「――まあ飲め。佐川、お前は役に立つ男だ。それは評価してる」

「どうも」

「さつきのことじゃ、大分面倒をかけたな」

「いえ……」

「どうだ、あの女は」

「は？」

「さつきのことだ」

「まあ……魅力的です。社長のお好みらしくて」

大山はちょっと笑って、

「確かに、俺の好みだ。しかし——いつまでも、あのマンションに置いとけん。分るだろう」

真顔《まがお》になっていた。

そうか。——他の女ができたのだ。だからさつきはマンションを追い出される。

可哀そうに。何も知らないで。

「——分ります」

と、佐川は言った。

「よし。さつきはああいうタイプだ。すんなり納得するとは思えん」

「そうですね」

金で話をつけろ、ってことか。その役を俺に？　やれやれ！　何て仕事だ。

「そこでだ」

大山は、がっしりした手で、佐川の肩をつかんだ。「さつきの奴と結婚してやってくれんか」

佐川は、ポカンとしていた。――何と言ったんだ、今、社長は?

「結婚してやるのが一番いい。お前には来年、課長のポストを回してやる。どうだ」

「結婚……。さつきとですか」

「今言ったろう。魅力的だと」

「それはまあ……。しかし、結婚となりますと――」

「いやか? 俺はお前を買ってるんだ。他の奴へ回すより、お前に回して、ぜひ課長になってもらいたい。なあ、佐川」

がっしりと肩をつかんだ大山の手は、佐川を永久に押え込んででもいるかのようだった……。

3

「とんでもない話だわ!」

真弓はカンカンになっている。

「真弓さん――」

と、道田がなだめようにも、真弓が一旦《いったん》本気で怒り出すと、手がつけられない。

「刑事を何だと思ってるのよ！　自分のとこの社員みたいにこき使って！　ふざけてる！　絶対に許さないからね！」

こき使って、とはいうものの、別に真弓が重い荷物を運んだとか、パーティの受付をやらされたというわけではない。

そんなことを真弓に言ったら、とっくに射殺されているだろう。

道田の運転する車に乗って、真弓は一人でカッカと怒っていたのである。

その車の後ろには、警備会社の特別製のバンが続く。さらにその後ろにもパトカーが。

バンの中には、あの「ルノアール」が納められているのである。

「全く、あの大山って奴、何を考えてるのかしら！」

と、真弓は言った。「人が一人殺されてるっていうのに、あの絵を持ち出すなんて！」

「また何か起りますかね」

と、道田が言った。

「何が起ったって知らないわよ。こっちの責任じゃないわ」

「でも、一応課長から言われて……」

「だから、課長の責任よ。そうでしょ？」

「そうですね」

と、道田は肯《うなず》いた。「じゃ、こっちは安心してていいわけか」

「そうよ。パーティ？　結構。せいぜい食べまくってやりましょ」

真弓は半ばやけである。

夕方になっている。――車はやがて無事にパーティの開かれるホテルの通用口に着いた。

「――どうもご苦労様です」

と、背広姿の男が真弓の方へやって来た。「担当の一柳と申します」

「身分証！」

「は？」

「早く出しなさい！」

真弓が拳銃をとり出したので、相手はあわてて身分証明書を出した。

「——一柳君ね。いいでしょ。絵はバンの中よ」

「はあ。後はこっちのガードマンと、社員で引き受けますので」

「そうはいかないわ」

と、真弓は首を振った。「上司の命令で来てるの。絵が無事に元の場所へ戻るまでは、目を離さないわよ。道田君！」

「はい！」

「しっかり見張ってるのよ」

「分ってます」

「私、くたびれたから、コーヒー飲んでくるから」

スタスタ行ってしまう真弓を、一柳は呆気《あっけ》にとられて見送っていた……。


「——来たか」

パーティ会場は、まだもちろんガランとしている。やっと準備にかかろうかというところだ。

大山兼三郎は、佐川を連れて、会場で待っていたのである。

「そっと運べよ！」

と、一柳が汗をかきながら、指示を出す。「そこ、気を付けて！——そう、右へ曲って！」

「ご苦労」

と、大山は言った。「その台の上に据《す》えてくれ」

「はい。——おい、脚立《きゃたつ》を使って、しっかり据えろよ。ガラスで囲うからな」

ガードマンが見守る中、社員数人が汗だくで、絵を入れた木箱をかかえて来る。重いので汗をかいているのではなく、緊張のための汗である。

「よし、絵を出せ」

と、大山が言った。

額に納まったルノアールが、木箱からゆっくりと取り出されると、大山は得意げに胸をそらした。

「これが十億円だ。パーティの客を、びっくりさせてやるぞ」

と、佐川の方を向いて、「どうだ？」

「はあ……。立派です」

佐川は何となく気のない返事をした。

「そこに立てかけて。——そうだ。周囲をガラスで囲うんだぞ」

　と、一柳が指示していると――。

「少しお待ちを」

　と、声がした。

「誰だ?」

　と、大山は振り向いて、「あんたは……。香と一緒にいた男か」

　淳一は、真弓と一緒に会場へ入って来た。

「刑事さん」

　と、大山は真弓を見て、言った。「あの女を逮捕してもらえましたかな」

「証拠もなしに逮捕できませんよ、大山さん」

　と、真弓は言った。「たとえバスの路線は変えられてもね」

「何のことかな」

　と、大山はちょっと笑った。

「大山さん」

　と、淳一は近付いて来ると、「そのルノアールですが、確かに本物ですか?」

　大山の顔がこわばった。――誰もが沈黙する。

「言いがかりかね」

「そうではありません」

と、淳一は首を振って、「しかし、今夜のパーティの客の中には、絵に詳しい人もいるはずです。もし、これが偽物《にせもの》ということになったら、あなたの面目《めんぼく》は――」

「何を証拠に、そんなことを言うんだ！」

と、淳一をにらみつける。

「私も、専門家じゃありませんがね」

と、淳一は腕組みをして、「今の印刷技術は、ちゃんと絵具の盛り上りまで再現できるそうですよ」

「印刷？　馬鹿らしい！」

と、大山は笑った。

「そうかな？――額を外して、裏を見てごらんなさい」

大山はじっと淳一を見ていたが、一柳の方へ、

「よし。額縁を外してみろ」

と言った。

「は……」

一柳がこわごわ絵を額から外して――。

「社長！　見て下さい！」

と、青くなった。

絵の裏には、印刷文字で、〈あなたのボーナスは××銀行へ〉と書かれていたのである。


「何とかしろ！」

と、大山はわめいた。

しかし――何とかしろと言われても。

誰もが当惑して顔を見合せるばかり。――ここは控室である。

もちろん「絵がすりかえられていた」などと、ホテルの人間の口から洩《も》れては大変というわけで、ここへ引っ込んだのだ。

「ガードマンを殺しまでして侵入したのに、絵に手もつけないのは変だと思ったんですよ」

と、淳一が一番落ちついている。

まあ、淳一は別に困るわけではないから、落ちついていて当然だろう。――真弓に至っては「落ちついていた」を通り越して、今にも口笛でも吹きそうであった……。

「しかし社長」

と、一柳が青ざめた顔で言った。「今から絵を見付けるといっても――」

「そんなことは言っとらん！ ともかくパーティの間だけ、何とか客の目をごまかせばいいんだ！ 本物を捜すのはその後でいい」

大山兼三郎はゆでダコみたいに真赤になっていた。

「じゃ、あれを元通りに額に戻して、飾っておきましょう」

と、佐川が言った。「たぶん誰も気が付きませんよ」

淳一がそれを聞いて、

「接待客の中に画家は？」

と言った。

「四、五人……」

と、一柳が答える。

「では、無理だ。素人《しろうと》の目はごまかせても、プロの目で、印刷か本当の絵具か、見分けられないということはないからね」

と、淳一が首を振る。「現に、僕でさえおかしいと思ったんだ」

「畜生！」

と、大山が壁に立てかけた偽物の絵をけとばそうとした。

「おっと」

と、淳一が止めて、「万一のときは、それを使わなきゃならんかもしれないんですよ」

大山は渋々足をおろした。

「ともかく……肝心の絵を見せずにパーティをやるわけにはいかん」

「延期しますか」

と、一柳が言った。

「もう開場の時間だ。手遅れだよ」

と、佐川が腕時計を見る。

「待って下さい」

と、淳一が何か思い付いた様子で、「パーティの終りまでに、絵が見せられればいいんですね」

「それはまあ……。最後に披露するという手順になっていることにすれば」

と、一柳が肯く。「何かいい手でも？」

「一つあります」

と、淳一は言った。

大山がジロッと淳一を見る。

「何だね、それは?」

「これからパーティが始まるわけですね」

と、淳一は腕時計を見て、「少し開始を遅らせたとして、パーティの閉会までに二時間余りはある。その間に、絵を描いてもらうんです」

「何だって?」

大山だけではない。——控室にいた誰もが呆気にとられた。

「描いてもらうって——ルノアールに?」

と、真弓が言った。

「そうじゃない。この絵とそっくりに描いてもらう。仕事の早い画家なら、そしてルノアールのタッチに詳しい画家なら、二時間あれば可能なはずだ」

大山は目を丸くして淳一を見ていたが……。

「——本当かね?」

と、訊《き》いた。

「もちろん、指で触われば描いたばかりということが分るでしょう。しかし、ルノアールの絵に触わる非常識な人間はいないと思いますよ」

「それにガラスケースの中です」

　と、一柳が身をのり出す。

「しかし、少なくとも本物の絵具ですから、タッチは出ている。印刷よりもずっとリアリティがあるはずです」

「しかし……」

　と、大山はためらって、「そんな画家が見付かるか？」

「心当りがないでもありません」

　と、淳一が言った。「一時は〈日本のルノアール〉と呼ばれたほど、光の捉《とら》え方に似たものがあるんです。器用だし、仕事も早い。その気にさせることさえできれば、やれます」

「それは誰だ！　頼んでみよう！」

「杉田竜治です」

　淳一の言葉に、大山の顔はこわばった。

「そいつはいかん！」

「それなら、諦《あきら》めることです。今日は都合により、絵はお見せできなくなった、と挨《あい》摎《さつ》するんですね」

淳一は淡々と言った。

大山は、苛々《いらいら》と控室の中を歩き回った。大して広い部屋ではないので、大山が歩くと、佐川や一柳はあわててどかなくてはならなかった。

――客の前で恥をかくか。それとも、追い出した女の父親に絵を描いてくれと頼むか。

大山は、まるで世界の未来を決めなくてはならない者のように、悩んでいた。

「早くしないと、時間がなくなるばかりですよ」

と、淳一は言った。

大山はピタリと足を止めた。そして淳一の方をクルッと振り向くと、じっとにらむように見つめて――。

「佐川」

と言った。

「はあ」

「行って来い」

と、大山は言った……。

4

「何、あの音？」

と、香は顔を上げた。

「雷だろう」

と、杉田竜治がご飯のお代りを受け取りながら、「しかし――そうでもないか」

「あんな雷ってある？」

ゴーッという音が、段々大きくなって来る。やがてバタバタという巨大な翼がはばたくような音も混って来た。同時に風の音が家の周囲を取り巻くように唸《うな》り出す。

「――ひどい音ね。出て見るわ」

「気を付けろよ」

と、杉田は言った。

香は玄関の戸をガラッと開けて――吹きつけて来る風に思わず目をつぶった。

バタバタという音は、周囲を圧するようで……。

やっと目を開け、夜空を見上げて、香は唖然《あぜん》とした。――ヘリコプターが、頭上、十数メートルのところに停止していたのである。

これ、何?——香が呆気《あっけ》にとられていると、ヘリコプターから、ロープにつかまって、誰かが下りて来た。

「やあ!」

「まあ、あなたは……」

「中へ入って! お父さんは?」

と、淳一は大声で言うと、二メートルほどの高さから、ポンと飛び下りた。

「ええ、中に——」

「話がある!」

淳一は香を促して家の中へと入って行った……。

「——とんでもない話だ」

と、杉田竜治は表情をこわばらせた。「確かに、私はルノアールを研究した。そっくりに描くことだって、できる。しかし、どうして大山のような男のために描かなきゃならんのかね」

「お父さん……」

「絶対に断る!」

と、杉田は言い切った。

「よく分ります」

と、淳一は肯《うなず》いた。「しかし、ここは一つ現実的に考えてはどうです？　大山は、バスの路線も元に戻すと言っています。それに、充分な報酬も払うでしょう」

杉田は難しい顔で腕組みをした。

「父が一旦《いったん》こうと決めたら、むだですわ」

と、香が言った。「ありがとう、気をつかって下さって。でも、お引取り下さい」

「そういうわけにもいかないんですよ」

と、むしろ淳一は楽しげに言った。「香さん。ちょっと席を外してくれませんか」

「え？」

「お父さんと二人だけにして下さい」

「はあ……」

香は、ちょっとためらいながら、父と淳一を残して部屋を出た。そして食事の片付けを始める。

父は頑固である。——今、バスが元の道を走るようになれば、また出歩けるようになるのだが……。

と――五分としない内に、

「香！」

と、父が大声で呼んだ。

「はい。――どうしたの？」

杉田は、いやに浮き浮きとして見えた。

「出かけるぞ。画材一式、ヘリに積み込んでくれ！」

香は面食らった。

「お父さん……。やるの？」

「やる」

と、杉田は肯いて、「急げ、いくらヘリで行くといっても、そう時間はないぞ！」

「はい！」

香はあわてて、父のアトリエへと駆けて行った。

――五分後には、ヘリコプターの中に、杉田、香、そして淳一の三人はいた。

そしてもう一人、佐川が……。

「あなたが迎えに？」

と、香が訊《き》いた。

「うん」

佐川はパイロットの隣の席で、ちょっと後ろへ顔を向け、「でも、高所恐怖症だろ。それで、今野さんに代りに下りてもらったんだ」

「よく来られたわね」

と、香は冷ややかに言った。「また面《つら》の皮が厚くなったの？」

「そうかもしれない」

と、佐川は何となく虚《むな》しい笑い方をした。「今、社長から結婚をすすめられてる」

「あら、おめでとう」

「社長の彼女だった戸田さつきだ」

「ああ、戸田さん？」

「もう飽きたんだ、社長。で、払い下げるってわけさ。切るのは面倒くさいからね」

香は、少し間を置いて、

「それで……承知したの」

「代りに来年、課長のポストだ。二十代で課長だぜ」

「大したもんね」

と、冷ややかに言った。「さぞいい奥さんになるでしょ、あの人なら」

「そうかな」

と、佐川は言った。「——香君」

「え？」

「君は——すばらしい女性だ。今になって気が付いたよ」

佐川は、じっと前方を見つめたまま、言った。

香は、その後ろ姿を黙って眺めていた……。


ヘリポートに着陸して、車椅子《くるまいす》がまず下ろされ、杉田竜治が男たちにかかえられて、車椅子に落ちつく。

香が駆け寄って、

「私がやります」

と、父の足に毛布をかける。「佐川君、画材をお願い」

「分ってる」

幸い、パーティの開かれているホテルにヘリポートがあったので、エレベーターで客室のフロアに下りるだけである。

一室を借り切って、そこにキャンバスとイーゼルが立ててある。

「ルノアールと同じ大きさです」

と、出迎えた一柳が言った。「絵の偽物がここに――」

「いらない」

と、杉田は首を振った。「あの絵のことなら全部憶《おぼ》えている。みんな出ていてくれ」

「お父さん。何か――」

「コーヒーを頼んでくれ。それだけでいい。誰も入れるな。いいな」

「はい」

廊下へ出て、香は、「――父があんな目つきになったの、初めて見たわ」

と言った。

「とんでもない傑作ができるかもしれないね」

と、淳一は言った。「さて、時間がある。パーティに行ってみようか」

「でも……」

「大丈夫。一柳君がいてくれるさ」

と、淳一は香の腕をとって、誘った。

「じゃあ――。後はよろしく」

「任せて下さい」

一柳が肯いて、ドアの前に立つと、「誰も中には入れません」

と、ドアの前に両足を踏んばって立った。

香は、その様子がおかしくて、つい笑ってしまった……。

そして宴会場へとエレベーターで下りて行ったが、

「奥様は?」

と、訊いた。

「さあね。あいつは大丈夫。刑事だからね、仕事があるんだろ」

と、淳一は珍しくおっとりと言った。

宴会場のロビーへ二人が歩いて行くと、佐川が、ソファにポツンと一人で座っていた。

「どうしたの?　飲みすぎた?」

と、香が声をかける。

「いや……。中にいると疲れてね」

と、佐川はいやに沈み込んだ調子で、「俗物ばっかりだ」

香は、ちょっと意外そうに佐川を見て、

「何かあったの?」

と、訊いた。「さつきさんとの結婚がいやなら、断ればいいじゃない」

「結婚まで業務命令かい？」

と、淳一は苦笑した。「まるで封建時代だな」

「外にいる人には分りませんよ」

と、佐川は言った。「こういう会社で、何の肩書もなく、年齢《とし》をとって行くのが、どんなに惨めか。――僕は、そんな風に置き去りにされていくのはごめんです」

「じゃ、言われた通りに、戸田さつきさんと結婚するのね」

と、香が言ったが、その言葉はどこかやさしかった。

「ああ……。そういうことになるだろう」

と、佐川は言った。

「佐川！　社長がお呼びだぞ」

と、社員の一人が走って来る。

「分った。行くよ」

佐川は立ち上って、香の方へ、「呼ばれりゃ尻尾《しっぽ》を振って飛んで行くのさ。犬みたいにね」

と、声を上げて笑うと、ごく当り前の歩調で歩いて行く。

「――幸せじゃないね、課長になっても、あれじゃ」

と、淳一は言った。

「可哀そうな人」

と、香は言った。「社長に言われて……。私を誘っておいて、一人で帰ってしまったんです」

「一人で？」

「私――。散々飲まされてて。何だか分らない内に、あの大山社長の思うままに……。でも、そのまま愛人になれと言われて、きっぱり拒みました」

香は、厳しい表情で言った。「大山にとっては初めてだったんです。ものにしておいて、それでも拒まれるなんて。――だから、私のことを恨《うら》んでるんですわ」

「ひどい男だ」

と、淳一がため息をついて、「〈社長〉って肩書が外れりゃ、ただのろくでなしだな。女房が聞いてたら、射殺しかねないね」

香は、ちょっと笑って、

「羨《うらやま》しいわ、奥様が」

と、言った。

パーティの方から、大山が汗をふきふきやって来た。

「どうした？　絵は間に合いそうか」

「今、父が必死でやっています」

と、香が言った。

「そうか」

さすがに大山も少し気が咎《とが》めたのか、「いや——君には悪いことをした。しかし、君のことが忘れられなくてね。つい……。まあ、勘弁してくれ」

気楽なものだ。淳一は苦笑した。

「——あと、パーティは三十分だ」

と、大山は腕時計を見た。

杉田竜治は、ドアの開く音を聞いて、

「入るなと言ったぞ」

と、眉《まゆ》をひそめた。

「どうもすみません」

一柳が頭を下げ、「気になったものですから——」

近寄って、一柳は絶句した。

「――どうだ？」

「こりゃ凄《すご》い！」

正に、あのルノアールと寸分違《たが》わぬ、と言いたい絵が完成していた。

「これを――たったこれだけの時間で？　信じられない」

と、一柳は目を丸くしている。

「集中力と、技術の問題さ」

と、杉田は言った。「もう少し、筆のタッチを加える。あと十分もあればすむよ」

「分りました。じゃ、よろしく」

「ああ」

杉田が筆を走らせ始める。

一柳は、杉田に背を向けてドアの方へ二、三歩行ってから、そっと振り向いた。そして、上衣《うわぎ》の内ポケットからナイフを取り出すと、足音を忍ばせ、一心に筆を走らせている杉田の背後に迫る。

ナイフを高く振り上げると――。

「振り降ろしたら、あなたの胸板に風通しのいい穴が開くわよ」

真弓が、拳銃を構えて、バスルームのドアからスッと出て来る。

一柳が青ざめた。

「ガードマンを殺したのはあんたね」

と、真弓は言った。「警備の体制にも一番詳しかった。絵を盗んで、どこかへ売り捌《さば》く？　サラ金にでも借金作ってたの？」

「畜生！」

一柳がジリジリとドアの方へ後ずさると、ソファのかげから道田が現われて、行手をふさいだ。

「——じっとしゃがんでたら、腰が痛くて」

と、道田が顔をしかめる。

「捕まってたまるか！」

一柳がナイフを道田の方へ突き出そうとすると、銃声が響いて、一柳の手から、ナイフがふっとんだ。

「こう見えても、腕はいいのよ」

と、真弓はフッと銃口を吹いて、「道田君、手錠をかけて」

しびれた右手を押えて呻《うめ》いている一柳の手首にガシャッと冷たく手錠が鳴った。

「──できた！」

杉田が息をついて、真弓や一柳たちを不思議そうに眺めると、「何かあったのか？」

と訊いた。


「皆さん、お待たせしました！」

と、大山がマイクを手に、高らかに言った。「ルノアールです」

ガラスケースを覆っていた布が外される。

パーティの客たちが一斉にその前に集まって来て、

「ほう……」

「さすがですな！」

「やっぱり十億円だ」

何に感心しているのやら。

──大山は、後を佐川へ任せると、ロビーへ出た。

杉田竜治の車椅子を、香が押して来る。

「やあ。誠《まこと》にありがたい」

と、大山が杉田に言った。「おかげで、こっちの面目も保てましたよ」

「バスを、ちゃんと元の道へ戻して下さいね」

と、香は言った。

「明日から早速、戻す」

と、大山は言った。「それにあの絵だが……。一千万払おう。どうだね?」

「真似《まね》て描いただけだ」

と、杉田は言った。「材料費だけ、と言いたいが――。まあ、百万ほどいただけば充分だ。香。帰ろう」

「ええ」

「車が待たせてある。車椅子のまま乗れるやつだ」

「じゃ、失礼します」

と、香は父の車椅子を押して行く。

淳一と真弓がやって来た。

「やあ、あんたたちにも礼を言わなきゃね」

と、大山は言った。「一柳がやったんだって? 信じられん!」

「人間、不満や不服がたまると、ろくなことはありませんよ」

と、淳一は言った。「ところで、絵の方はどうするんです?」

「捜すさ。ああいう品だ、どこかのマーケットに出る」

「それまでは？」

「あれを本物として飾っておくしかないだろうな」

と、大山は顔をしかめた。

そこへ、戸田さつきがふくれっつらでやって来た。

「ねえ！　佐川さんたら、私のこと、わがままだって言うのよ！　クビにして！」

「本当じゃないの」

と、真弓が言った。

「何ですって……」

と、目を吊《つ》り上げると、真弓の方へ迫ったが——。

「やめとけ、射殺されるぜ」

と、淳一が戸田さつきの肩を叩いた。

そこへ佐川が出て来た。

「おい、佐川、どうしたんだ」

「社長。僕はさつきさんとは結婚しません。他を当って下さい」

「何だと？」

「出世しないのも人生です」

佐川は一礼して、「くたびれたので、失礼します」

と、さっさと歩いて行く。

「我々も行くか」

と、淳一が言って、「ああ、ところで、社長さん。例の偽物の印刷のルノアール。あれをもらっていってもいいですか」

「ああ、構わん。どうするんだね」

と、大山が呆《あき》れたように言った。

「うちには印刷のルノアールがふさわしいと思いましてね」

と、淳一は言った。

帰りの車を運転しながら、淳一は、

「見栄《みえ》ってのは、金のかかるもんだな」

と言った。

「そんなことより、お腹《なか》が空《す》いたわ、私。パーティで、結局何も食べなかった」

「しかし、あそこに隠れてて良かったろ」

「そりゃね。——どうして一柳だと分ったの？」

「ガードマンをわざわざ殺したのは、よほど顔を知られてたからだろ。それに、佐川なんかには、とてもそんな度胸もない」

と、淳一は言って、「じゃ、その辺で食べるか」

遅くまで開いているレストランの前で車を停《と》めると、淳一は、もらって来た絵を大事そうにかかえて車を降りた。

「置いてきゃいいじゃないの、そんなもの」

「置いてけるか。本物のルノアールを」

真弓が目を丸くした。

「あなた……」

「この前の披露のとき、〈銀行〉の文字を絵の裏にペタッと貼《は》りつけておいたのさ。不思議なもんだな。人間ってのは、印刷だと思い込むと、そう見える」

「呆れた！　どうするの、それ？」

「さて。——大山にいくらで買い戻させるかな。杉田画伯の傑作も、ずっと飾らせときたい気がするが」

「じゃ、食べながら相談しない？」

「いいね」

二人は、レストランへと入って行った。

「道田君は？」

と、席につくと、淳一は訊いた。

「一柳を連行してって、今ごろはお腹空かして、コンビニへでも走ってるでしょ」

「差をつけて、申しわけないね」

と、淳一はメニューを広げる。

「一流フランス料理だと思えば、コンビニのピラフも、そう思えるわよ」

真弓はそう言って、「私、このディナーでいい！」

と、楽しげに言った。

しかし、淳一には、電子レンジであっためたピラフは、どう想像力を働かせても、ピラフでしかないだろう、と思えたのである……。

知らぬが仏も三度まで

1

「仏の顔も三度、って奴《やつ》だな」

と、今野淳一がTVのニュースを見ながら言った。

「あら、何が?」

一心に女性週刊誌に読み耽《ふけ》っていた、妻の真弓が顔を上げて——いや、顔も上げずに言った。

「いや、今のニュースさ。マリファナをやって三回も捕まった芸能人が実刑判決だ。二回は『反省している』って見逃してくれたらしいが、今度はそうもいかなかったらしい」

「あなたは反省してる？」

と、真弓がやっと顔を上げて言った。

「俺《おれ》が何を反省するんだ？」

「いつも妻を放っておいて申しわけない、って。――あんまり反省の色が見えないわ」

「そんなに放っちゃいないぜ」

「そう？」

「そうさ」

「じゃあ……」

と、真弓は夫のそばへ移ると、体をすり寄せるようにして、「放ってない、ってことを証明して見せて」

「今かい？」

「今なら、見逃してあげるわ」

「忙しいんだ、と言ったら？」

「射殺するわ」

「そうくると思ったよ」

と、淳一はため息をついて——しかし、まあそれほどいやいやでもなく、「放っておいていない」ことを証明にかかったのである。

時刻は深夜二時を少し回ったところ。

翌朝、二人の目覚めが遅くなるのでは、とご心配のむきもあろうが、そこはこの二人、共に朝九時出勤という仕事ではないので、構やしないのである。

夫の淳一の方は「自由業」の中でも最も自由（?）な「泥棒」。妻の真弓は一応公務員なので出勤時間というものがあるはずだが、当人も知らない。——刑事としては、

「犯人さえ捕まえりゃいいんでしょ」

というのが言い分なのであるが、上司たる捜査一課長が、いつも頭痛と胃の痛みを訴えているのが自分のせいだとは考えてもいないのだった。

「——電話だぜ」

と、淳一が言った。

「放っときゃいいわよ」

「事件かもしれないだろ」

「五分や十分、同じよ」

ひどい刑事である。

「しかし、少し前から表の方で赤い光がチラチラしてるぜ、きっと道田君が迎えに来てるんだと思うな」

「迎えに来てるのなら、玄関のチャイムを鳴らすでしょ」

「そいつはどうかな、道田君は何しろ先輩のしつけが行き届いてる。ちゃんと予《あらかじ》め電話してからでないと失礼だと思ってるのかもしれないぜ」

「そうかしら。何だか、あなたに言われるとそんな気がしてくるから不思議ね」

と、真弓は手を伸して電話に出た。「——もしもし、道田君？——もちろん分るわよ。これくらいのこと、分らなくて刑事なんてやってられないわ。——え？　事件ね。はいはい。——すぐ仕度《したく》するわ。表にパトカーを停《と》めて待ってるんでしょ？——どうして分るかって？　それぐらい分らなくて刑事がやってられると思うの？」

真弓は平然と言って、

「じゃ、十五分したらチャイムを鳴らして」

と電話を切る。

「当りだろ？」

「そうよ。でも道田君を叱《しか》っとかなくちゃ」

「どうしてだ？」

「十五分も待つなんて。その間に犯人が逃げたらどうするの？」

そう言って、さっさと居間を出て行く真弓を、淳一は唖然《あぜん》として見送っていたのだった……。


「――妻が殺された」

と、真弓は肯《うなず》いた。「で、夫が犯人？」

「そこまではまだ……」

道田刑事はパトカーの中で、手帳を開いて説明しているところだ。

道田は真弓の部下で、かつ真弓に「片思い」している純情な青年刑事である。道田にとっては、真弓の命令は――いや、真弓の言うことはすべて正しい。

おかげで、苦労を一人でしょい込むようなこともしばしばだったが、それでも苦情一つ口にしなかったのは、「恋した弱味」というものだろう。

ともかく今、パトカーは遅れをとり戻すべく（？）夜中の町を駆け抜けているのだった。

「被害者は、大野《おお》涼子《のりようこ》、二十九歳です」

と、道田が説明する。「夫は大野貞男《さだお》といって、かなり売れっ子のデザイナーだぞうです」

「デザイナー？」

　真弓は少し顔をしかめた。どうもカタカナ名前の職業には、「楽をして儲《もう》けているに違いない」という偏見を持っているのだ。

　自分は警官だし、夫は泥棒だし、やっぱり人間、漢字で書ける仕事をしているのがまともよ、などとむちゃな思想を持っている。

「奥さんは二十九？　まだ若かったのね。その旦那《だんな》の方は？」

　道田が、なぜか少しためらって、

「少し年上ですね」

「年上？　四十くらい？」

「いえ、もう少し上です」

「じゃ、八十くらい？」

　いきなり倍にふえるのが真弓らしいところである。

「五十五歳だそうです」

　と、道田が言った。

「五十五？——じゃ、きっと何回めかの結婚ね」

と、真弓は決めつけるように言った。「どうせプレイボーイなのね。奥さんを泣かせてたに違いないわ。そんな奴、殺されても当然だわ」

「あの……殺されたのは奥さんの方ですけど……」

「分ってるわよ、それくらい！」

なぜか真弓に怒鳴られて、

「すみません」

と謝る道田刑事であった……。


ともかく——パトカーが現場へ着いて、道田もホッとしたに違いない。

「ここが殺人現場？」

と、パトカーを降りた真弓は道田の方へ、「何か間違えたんじゃないの？」

「い、いえ、確かにここ……なんです」

と、道田があわてて手帳を開く。

ちゃんと他にも何台かパトカーが停《とま》っているのだし、警官の姿も見えるのだから、確かめることもないだろうに。

「道田君」

「はあ」

「自分の言葉に自信を持たなきゃだめよ。そんなことでいい刑事にはなれないわよ」

道田も立つ瀬もないというところである。

しかし、一瞬「ここが現場？」と真弓が戸惑ったのも無理からぬところで、何しろパトカーが着いた先は、門に象やウサギの絵が（なぜか同じ大きさで描かれている）とりつけてある幼稚園だったのである。

「現場はどこ？」

と、真弓は幼稚園の園庭へ入って行きながら言った。

「リスです」

「何ですって？　リスが犯人だっていうの？」

「いえ、そうじゃなくて」

と、道田があわてて言い直す。「〈リス組〉の教室の中です」

「ああ、なるほどね」

と、真弓は肯いたが、よく事態が吞《の》み込めていない点は変りない。

「――ここか」

と、廊下を歩いて行って、人が何人か集まっている教室を覗《のぞ》く。

もちろん、教室といっても、幼稚園だからズラッと机と椅子《いす》が並んでいるわけではなく、コの字形に、可愛《かわい》い机と椅子が――十五、六個もあるだろうか。

壁には子供たちの描いた、頭でっかちのパパ、ママの絵とか、大きなお花の絵とかが飾られている。

被害者は――その教室の床に倒れていた。

布をめくると、若い女の死体。

「――服が乱れてますね」

と道田が言った。

スカートのファスナーが開いた勢いでそのまま布まで裂けていたり、上衣《うわぎ》も前が開いて、下のブラウスも左右へ力まかせに開けられたのか、ボタンがいくつか取れてしまっている。

「首を絞められてるね」

と、検死官が言った。「抵抗したらしい。暴行されてはいないようだ」

――真弓は少し気分が悪くなった様子で、死体から目をそらした。

「発見者は？」

と、道田へ訊《き》く。

「こちらです」

教室を出て、廊下を入口近くへ戻ると、事務室がある。そこにもポッンと明りが灯《とも》っていた。

「――お手数をかけて」

白髪の、初老の婦人が頭を下げる。「園長の市川和江《いちかわかずえ》と申します」

「どうも……」

真弓は、その上品で穏やかな老婦人の話を聞いて、びっくりした。

「――じゃ、大野涼子さんは、こちらの先生だったんですか」

「はい。結婚前は田口《たぐち》という姓で、今でも、ここでは『田口先生』で通っていました」

と、市川和江は肯いた。「とても子供にも好かれた、いい人です……。どうしてあんなことになったのか――」

ため息は、慰めようもなく重いものだった。

「すると――犯人のお心当りは？」

「全くございません」

と、即座に首を振る。「とてもいい人でした。あんないい人がどうして……」

悲しむという以前に、呆然《ぼうぜん》としている状態である。

「死体を発見されたのは何時ごろですか？」

「十二時ごろでございました」

「夜中の？　どうしてそんな時間にここへいらしたんですか」

市川和江の顔に初めて戸惑いの表情らしいものが浮んだ。

「それが――私の住いはこのすぐ近くのマンションなのですが、田口先生から――大野涼子さんですね――夜の十時ごろ、お電話があったのです」

「どんな用件でした？」

「何か、ご相談したいことがある、ということでした。急を要するので、今夜、会ってくれないかと……。もちろん、普段からよく知っている仲ですし、よほどの事情がなければ、そんな頼みをして来ないと分っていましたので、うちへおいでなさい、と申しました。でも、あちらが、迷惑になってはいけないから、と……。私は息子夫婦と同居しております。夫は早くに亡くなりまして。それで遠慮したのでしょう」

「で、この中で、というわけですか」

「はい。十二時ごろに、〈リス組〉のお教室にいます、ということで……。私が参りましたのが、十二時を少し回って、十五分ごろでしたでしょうか。〈リス組〉に明りが点《つ》いておりまして、『遅れてごめんなさい』と中へ入りますと――あの有様《ありさま》で」

現場の様子を思い出したのか、市川和江は、目を閉じた。

――幼稚園の先生ね。もちろん「いい人」だったのだろうけど、先生にだって私生活はあるわけで……。

「被害者のご主人は？」

と、真弓が訊くと、道田は肯いて、

「夜間の仕事とかで、なかなか捕まらなかったんですが、さっき連絡がついて。今、こっちへ向っているところだそうです」

「そう。――動機が鍵《かぎ》ね。物盗《ものと》りでもないだろうし」

夜中の幼稚園へ忍び込んで、何か盗もうという泥棒はいないだろう。

そこへ、

「――母《かあ》さん」

と、コートをはおった男が顔を出す。

「良一《りょういち》……。聞いたの？」

と、市川和江が言った。

「田口先生が――。本当に？」

「そうなの。今でも信じられないわ」

と、深々とため息をついてから、「刑事さん。息子の良一です」

「どうも……」

三十歳前後だろうか。少し髪に白いものが混っているが、童顔である。

「あなたも、被害者の大野涼子さんをご存知だったんですか」

と、真弓が訊いた。

「大野？──ああ、田口先生のことですね」

と、市川良一は肯いて、「もちろんですよ」

「良一はここの幼稚園の事務長をしていますので」

と、市川和江が付け加える。

「それにしても……ひどい話だな」

と、良一は首を振って、「母さん、大丈夫かい？──刑事さん、母は心臓の具合が少し良くないんです。連れて帰りたいんですけど、いいでしょうか」

「大丈夫よ」

と、市川和江は言ったが、確かに顔色は良くない。

「構いません」

と、真弓は言った。「明日でも、改めて伺って、お話を聞くかもしれませんが」

「じゃ、咲子《さきこ》に送らせるよ」

と、良一が言った。

「咲子さんも一緒？」

「近いけど、車で来てるんだ。歩くと疲れるからね、母さんは」

「じゃあ……送ってもらおうかしら」

と、市川和江は言った。

「あなた」

と、やって来たのは、小柄で可愛い感じの女性。

「家内の咲子です」

と、市川良一が真弓に紹介した。「――お袋を連れて帰ってくれ。ショックで、具合でも悪くなると困る」

「ええ。――お義母《かあ》さん、それじゃ」

「道田君、手伝ってあげて」

真弓はそう言って先に廊下へ出た。

これはなかなか厄介な事件になりそうである。何しろ幼稚園の先生が殺されたとあっては、園児や、その父母への影響も小さくはない。

市川良一と道田が両側から支えるようにして、市川和江を玄関の方へ連れて行く。

市川咲子は、少し遅れて……。真弓の方へ小声で、

「涼子さん、本当に殺されたんですか」

「ええ……。あなた、大野涼子さんのことを――」

「私もここの先生をしていたんです」

と、咲子は言った。

「そうですか」

真弓とて、いつも淳一に迫ってばかりいるわけじゃない。市川咲子が何か言いたげにしていることに気付いていた。

「――刑事さん」

と、少しためらいがちに、「涼子さんは、もてたんです。男の人と――年中、違う人と付合っていました」

そして、付け加える。

「たぶん、今も」

そして、咲子は車のキーのついた鎖を手の中で握りしめながら、夫たちの後を急い

で追って行った……。

2

大野貞男は、そのビルのロビーへ入ってくると、三階分は充分にある高い吹抜けの天井を見上げた。

「——ここだな、確か」

と、自分へ確認するように、口に出して呟《つぶや》く。「しかし……」

どこにいるんだ？　人を呼び出しといて。

モダンにデザインされた椅子に腰をおろすと、大野貞男は、ハンカチをとり出して額《ひたい》を拭《ぬぐ》った。

汗をかくほど暑くはないのだが、何となく汗ばんでいるような気がしてくる。

「——涼子」

と、大野は呟いた。

忙しげにＯＬが目の前を行き交《か》う。その一人は、どことなく涼子に似ていた。しかし、もちろん涼子であるはずはない。

涼子は死んだ……。そう、殺されてしまったのだ。

一体なぜだ？　大野にはさっぱり分らなかった。

あの若い女刑事にもしつこく訊《き》かれた。しかし、大野としては、月並みな言い方ではあるが、

「何の心当りもない」

と言わざるを得なかったのである。

「失礼」

と、男が一人、やって来た。「あなたはもしや……」

「はあ？」

大野は、急なことで、ポカンとしてその男を眺めていた。三十二、三歳の印象。五十五になる大野から見れば、ずいぶん若いが、世間の目では、「おじさん」の部類である。

「いや、『涼子』のことでおいでになったのかと思いまして。人違いでしたら、失礼」

涼子？　涼子だって？

「ええ。――いや、あの――涼子のことで、ここへ来たんです」

と、大野は肯《うなず》いた。

「そうですか」

と、その男はホッとした様子で、「いや、見た感じでそうじゃないかな、と……。しかし、ショックでしたねえ」

「そうですな」

「申し遅れて。私は近藤《こんどう》といいます」

と、男は言った。「あなたは……」

大野は、ほとんど無意識の内に、

「大……村です」

と、言っていた。

「どうも。――他にも何人かいると思うんですが……。あ、奴はどうかな？」

近藤という男は、少しおずおずとロビーへ入って来た、ブルゾン姿の若い男に目を止めた。

大野は、近藤がその若い男に近付いて行って、何やら話しているのを眺めていた。

涼子のことで？――涼子のことで何だというのだろう。

近藤が連れて来た若者は、

「草間《くさま》といいます」

と、大野に頭を下げた。「まだ信じられません。あの人が死んだなんて」

「まあ、いつまでもくよくよしてもしようがない。ね？」

近藤がポンと草間の肩を叩《たた》く。

「ええ……。それで——どうするんですか、これから」

「もう少し待ってみよう。確かあと一人くらいは……」

「でも、もう三人ですよ」

と、草間という若者が言った。

「分ってるけどね」

と、近藤が腕時計を見る。「約束の時間にあと二、三分ある」

カッカッと歯切れのいい靴音が近付いてくる。

「近藤さんでしょ？」

と言ったのは、二十五、六と思える、スラリとした長い髪の女だった。

「え？」

「写真、見たことあるの。近藤さんね。あとはこのお二人？」

「待ってくれ。君は？」

「私？　私はね——」

と言いかけてためらい、それからちょっと笑って、「今さら隠してもね。永田百合《ながたゆり》。私も涼子の『恋人』だったの」

大野は、夢でも見ているのかと思って、つい、膝《ひざ》をつねっていた。――もちろん痛かった！

「しかし、涼子はもてたんだな」

と、近藤が呆《あき》れたように言った。

「そうね」

永田百合がタバコをくゆらす。

「いらっしゃいませ」

ウエイターがやって来る。

「僕はビール」

と、近藤が言った。「どうぞ注文して下さい。ここはうちの社につけられるんです。何でもお好きなものを」

「じゃあ、私、バーボン」

と、永田百合が言った。「あなたは？」

訊かれて、大野は、

「あ……。何でも——。いや、アルコールはどうもね。ウーロン茶でも」

「まあ、真面目《まじめ》ね」

と、永田百合が言った。

真面目か……。大野はただ、ショックから立ち直れないだけだったのだ。

飲んで酔い潰《つぶ》れるとしても、後で一人になってからだ。

「君はどうする？」

近藤が、しょげ切った様子の草間という若者をつついて言った。

「え……。じゃあ、ウイスキーを。水割りで……」

「かしこまりました」

ウエイターが一礼して戻って行く。

「ここはね、会員制のクラブですから、話が洩《も》れる心配はない」

と、近藤が言った。「ともかく、顔を合せるのは初めてってわけですな」

「でも、涼子を通じて知り合いだったってわけでしょ」

「いや、しかしびっくりした」

と、近藤が言った。「涼子の忘れて行った手帳にね、電話番号があったんで、こうしてかけて集まってもらったんですよ。もちろん別に恋人ってわけじゃない知人もいたでしょうが、わざと名前を入れず、電話番号だけメモしとくってのは、普通じゃない」

「まあ、少なくともこの四人は、涼子の恋人だったわけね」

永田百合はタバコに火を点け、白い煙を吐き出した。

「まさか女性の恋人がいるとは思わなかったな。もう前から？」

「大学のときのルームメイト。下宿してたから」

「なるほどね」

「大学のころから、涼子は男と女、両方の恋人を揃《そろ》えてた。――大した子よ」

「いや、全く」

近藤は、少し間を置くと、「――ともかくもう涼子は生きていない。誰がやったかは分らないが、殺されちまったわけだ」

「信じられない……」

と、草間が呟く。

「しっかりして、坊や」

と、永田百合が草間の肩に手をかける。「本気だったのね。ショックでしょ、こんなに何人も恋人がいたなんて。分るけどね」

「いえ……。僕だけじゃないことは知っていましたから」

と、草間は背筋を伸して、「あんなにすてきな人なんだから、それは仕方ないと思ってました。たまに会ってもらえるだけで満足だと……」

草間は、涙ぐんで、

「でも……殺されたなんて！」

「大きな声を出さないで」

と、近藤がたしなめた。「ともかく今日こうして集まったのは、警察の捜査の手が、ここにいる四人の所まで伸びてくるかもしれない、と思ったからでね」

永田百合は肩をすくめて、

「恋人がいたって、別に法律に反してるわけじゃないでしょ」

「そりゃそうだけどね……。や、どうもありがとう」

ウエイターが飲物を置いて行くのを待って、

「じゃ、ともかく飲もう。まあ——涼子の冥福《めいふく》を祈って、ってところかね」

——大野は、ほとんど機械的にウーロン茶を飲んだ。

「もちろん、ここにいる四人の中に、犯人がいるとは思わないけど、ともかく警察は動機を見付けようとする。そうなると、夫の他に恋人がいたってことは、格好の口実になる」

「私、やってないわよ」

「そりゃそうだろう。君も、だろ？」

と、近藤が草間へ向って言う。

「僕にあの女《ひと》を殺せるわけないじゃありませんか」

と、草間は半ばやけになっている様子。

「大村さん……でしたか」

と、近藤は言った。「あなたは涼子とどういうお知り合いで？」

「いや……偶然のことでね」

大野は我ながら、出まかせでしゃべれることにびっくりしていた。「たまたま飲みに行ったバーで、声をかけられて」

「独身だと思ったんでしょ？」

と、永田百合が言った。「若かったものね、涼子。女子大生でも通ったわ」

「仕事柄だろうね」

と、近藤が言った。「いつも子供を相手にしてるんだ。――何しろくたびれる、っていつもこぼしてた」

「でも、好きだったのよ、あの仕事が」

永田百合はグラスを空にした。「——旦那にはうまく隠してたんでしょ?」

「そう言ってた。何しろお人好しだから、全然疑いもしない、と言ってね」

「もし——知ったら? 恋人がいるってことを。カッとなって涼子を殺したかもしれないわ」

近藤が肯いて、

「僕もその線が一番有望かなと思ってるんだ。当然、警察も考えてるさ」

「でも、こっちへとばっちりがくるのはご免だわね」

「そう。だから、もし、警察に呼び出されたりしたら——この四人がズラッと揃って見付けられるわけはないと思う。だから、お互い、相手のアリバイ作りに協力しようじゃないか。どうだい?」

永田百合はゆっくり肯いて、

「面白いわね。もし、私が目をつけられて、あの晩のアリバイが成立しなかったら、あなたが立証してくれるってわけね」

「そう。逆ももちろんあり得るわけだ」

「アリバイ、ある？」

「僕はない」

と、近藤は首を振って、「出張してたんだが、一泊するのをやめて、あの晩に戻ったんだ」

「一人で？」

「そう。君は？」

「一人住いよ。夜のアリバイは証明できないわ」

——結局、草間という若者も、友だちと飲んでいた、というだけで、時間がはっきりしないということになった。大野は「仕事中だった」とだけ説明した。

「——それじゃ」

と、近藤が立ち上り、「何かあったら、連絡をとり合おう」

「そうね」

かくて、四人の「恋人たち」（実際は夫と三人の恋人たちだが）は、奇妙な会合を終ったのである。

「——何てこった」

と、一人になると、大野は呟いた。

涼子が三人もの男と?――いや、二人の男と一人の女か。ともかく、他に三人も「恋人」を持ってた?

そんなことがあり得るんだろうか。

夢なら覚めてほしい。大野は念じつつ、歩き出そうとした。

「失礼します」

と、声をかけられ、振り向くと、

「君は……。ああ、そこのクラブのウエイターさんじゃないか」

と、大野は言った。「何か忘れ物でもしたかね」

「いいえ、ちょっとお話ししたいんですがね」

「話?」

「奥さんのことで。――大変お気の毒でした」

大野は目をみはった。

「君――」

「犯人を捕まえるのに、少々お力になれると思うんですが」

と、ウエイターは言った。

このウエイター、もちろん淳一である。

「何か僕に――」

「こちらへ」

淳一は、大野を促して歩き出した。

「ふざけてるわ！」

と、真弓は不機嫌そのものという顔で、居間へ入ってくるなり、ドカッとソファに座った。

「どうした？」

ソファに引っくり返っていた淳一が起き上る。「犯人が分ったのか？」

「そうじゃないの」

と、真弓は息をついて、「善良な先生ね。――聞いて呆《あき》れるわ」

「何だ、一体？」

「ご主人の他にね、今分ってるだけでも三人も恋人がいたのよ」

「ほう」

「しかも、男と女！――夫がいるのによ」

と、一人で怒っている。

「しかし、幼稚園の先生だって人間だぜ。愛情生活について、とやかく言っちゃまずいと思うけどな」

「誰《だれ》もとやかくなんて言ってないわよ。でも、恋人の一人もいない女がいくらもいるのに、亭主と男二人、女一人も恋人がいるなんて、不公平じゃないの！」

何を怒っているのやら……。

「どんな男なんだ？　女もいたのか」

「近藤っていう、普通のサラリーマン。どこがいいのかしらね、あんなの。ちっとも二枚目じゃないし、知的でもないし、泥棒でもないのよ」

と、妙な文句をつけて、「女の方は永田……百合か。大学のときからの『恋仲』なんですって。まあ、ちょっとカッコ良くて、美人だけど……」

「お前ほどじゃない、と」

「そう、よく知ってるわね」

と、真弓は感心している。

「そりゃ見当がつくさ」

淳一は真顔で肯いた。「亭主のアリバイは？」

「大野貞男は、夜中までオフィスで仕事をしてたの。でも、アシスタントは十時過ぎに帰して、後は一人でやってたんですって」

「すると、アリバイを立証してくれる人間はいないわけか」

「オフィスの入ってるビルの警備員が、死体発見の知らせを聞いて飛び出して行く大野を見てるの。でも、その前に抜け出して戻ってくることも、できないことはないのね」

「なるほど」

淳一は肯いた。

「――ね、あなた」

と、真弓は淳一と並んでソファに座ると、「夫婦って、一体何なのかしらね」

「何だ、急に？」

「何か――空《むな》しいわ。互いの信頼なんて、もろいものよね」

「そりゃ考えようだろ」

と、淳一は言った。「信頼も愛も、元々形のあるもんじゃない。お互い、存在すると信じてりゃあるし、信じなきゃ、ない。そういうもんだろ」

「――あなた」

「うん？」

「いいこと言うわね！」

そう言って真弓は淳一に抱きついて来た。

まあ、この二人に関しては「信頼の絆《きずな》」は確かなようである。

3

「おい草間。——草間」

呼ばれて少ししてから、やっと自分のことか、と分る。

「はあ」

「何ぼんやりしてるんだ？　しっかりしろよ」

と、店長が言った。「この荷物、至急だ！」

「はい」

草間は立ち上って、ヘルメットをかぶる。

「事故、起すなよ」

「分ってます」

草間初《はじめ》は、荷物を手に店の外へと出て、自分のオートバイにまたがった。

草間の仕事はオートバイを使った宅配。――一時、流行してやたら沢山《たくさん》の業者ができたが、今は比較的落ちついている。生き残った同業者の中では、草間の勤めている所は一番小さい方だ。

草間は行先を確認した。――場所の見当はつく。

高速を使えば早い。草間は勢い良く飛び出した。

もともとバイク好きで、ろくに学校にも行かなかった。バイクのテストレーサーになろうとしたが、その道は甘くなかった。結局、バイクには乗っているが、宅配便の仕事である。

しかし、それなりに楽しんでいた。おとなしく机に向って仕事をするのは性《しょう》に合わない。

そうだ。――この仕事をしていなきゃ、あの人にも会わなかったんだし。

オートバイがぐっと傾いて、車線を移ると、高速道路への入路を一気に上る。

大野涼子に会ったのは、やたら忙しいお中元の時期であった。

お中元を届けに行った草間は、〈大野〉という表札のある洒落《しゃれ》た一軒家をすぐに見付けた。しかし、留守。

忙しい最中である。両隣にでも預けて行こうかと思ったが、どっちも留守。

「畜生……」

と、舌打ちする。

結構立派な家だ。——お手伝いの一人ぐらい置いていそうだが。

少し待ってから、諦《あきら》めてバイクを動かしかけたとき、ほとんど駆けるようにして、若い女性がトレーナー姿でやって来た。

見ていると、あの家の玄関を開けている。手に大きな袋をさげているし、てっきりお手伝いの子だと思った。

急いでとって返し、玄関のチャイムを鳴らすと、

「——はい？」

と、ドアが開く。

「お中元です」

と、草間は言った。

「あ、どうも……。ちょっと待ってね」

と、その女は引っ込んで、なかなか戻って来なかった。

何してるんだ？

——苛々《いらいら》していると、

「ごめんなさい！」

と、息を弾ませて、「これ——印鑑」

「どうも」

手早く伝票を切って、バイクの方へ戻ろうとすると、

「ね、あなた——どっちへ行くの？」

と、女が声をかけて来た。

「え？　どっちって……。向うですよ」

と、指さすと、

「お願い！　幼稚園まで乗せてって！」

「ええ？」

「急ぐの！　お願い！」

いいも悪いも、女はさっさとオートバイの後ろにのっかってしまう。——草間は呆れつつも、笑い出してしまった。

どうせ方向は同じだ。

「じゃ、しっかりつかまって」

と言って、一気にバイクを突っ走らせる。

「――悪いわね」

「なあに。――幼稚園って言ったね」

「そう。この真直《まっす》ぐ行った先なの」

アッという間に、その幼稚園の前。女はパッと降りて、

「ありがとう！」

と手を振ると、幼稚園の中へと駆け込んで行った。

「――変な奴」

と、草間は呟《つぶや》いた……。

そして――翌日、同じ大野家へのお中元を、もう一つ運ぶことになったのである。

また留守かな、と思いつつ、チャイムを鳴らすと、

「はい」

と、涼しげな返事があって、玄関へ出て来たのは、きちんとスーツを着込んだ美人
……。

「あら、昨日はありがとう」

と、その女性が言ったから、草間はびっくりした。

「お手伝いじゃなかったのか！」

と、思わず口にしてしまったのである。

——それが、涼子だったわけだ。

涼子は笑って、

「お茶でも」

と、中へ入れてくれた。

そして、ほんの十分ほどだが、二人は話をし、草間はすっかり涼子にいかれてしまったのである。

涼子があの幼稚園の先生をやっていて、昨日はご飯を炊くセットをしておくのを忘れたので、家へ飛んで帰って来たのだということ、今日は夫と出かけるので、ちゃんとスーツを着ているのだということも、聞いた。

夫と……。早くも、草間は嫉妬《しっと》で胸がチクリと痛むのを覚えたのだった。

しかし——もう、嫉妬することもない。

高速道路を、右へ左へ、乗用車を追い抜きながら走りつつ、草間は思った。

もう死んでしまったのだ、彼女は。

嫉妬ゆえではなく、もう戻ってくることのない思い出のために、草間の胸は痛んだ。

「涼子……」

道が空《す》いている。スピードを上げよう。今は、仕事のことだけを考えるのだ。それが、痛みを忘れる一番の道だ……。

ブルル……。

オートバイの音が、後ろから近付いて来た。音だけで、どれくらいのオートバイか、見当がつく。

結構大型だな、と草間は思った。抜かれやしないぞ。

スピードをさらに上げて、車を一台抜いた。少しカーブの多い所だが、そこをスピードを落とさずに駆け抜けるのが気持いいのである。

――この分なら、あと二十分もすりゃ、目的地へ着けるな、と草間は頭の中で計算した。戻りは下をのんびり走るか。どこかで晩飯でも食べて……。

恋する女が死んだというのに、食べることなんか考えてるのは、やはり若い証拠かもしれない。

バックミラーへ、チラッと目をやると、今追い抜いた車が、すぐ後ろへ迫って来ている。

「危いな」

高速で、こんなに間を詰められちゃ怖い。

草間は、スピードを上げ、車との間を離した。すると――またその車がぐっと追い上げてくる。

「おい……」

冗談じゃないよ。

車は、はっきり、草間のバイクにくっついて来ている。何のつもりだ？

遊んでる暇はないんだ。草間がもう一度スピードを上げると、車はエンジンを唸《うな》らせて、追いすがって来た。

「畜生！」

草間も、そう意地になるほど子供じゃなかった。「――先に行けよ」

と外側の車線へ移ると、少しスピードを落とした。

すると、その車がスッと草間のわきへ来て並んだのである。

「先へ行かないのか？」

と、呟く。

突然、車がぐっとボディを寄せて来た。

「危い！」

ガリガリ、と音をたてて、車のボディに接触する。「何するんだ！」

わざとやってる！――草間は一気に前へ飛び出した。

車がぐんとせり出して来て、後ろから、バイクにぶつかって来た。

激しい衝撃を受けて、オートバイは左右へ蛇行した。

何とか転倒せずにすんだが――。その車はなおも後ろに迫って来た。

殺される！　草間はゾッとした。

こんな所ではねとばされたら、たぶん下の道路まで飛んで行くことになるだろう。

車と側壁の間に挟まれたら、体がずたずたである。

逃げるんだ！　草間は必死で体を低くした。もう少しスピードの出るバイクだったら……。

ガン、と二度目のショックが来た。ハンドルをとられる。

カーブが目の前に来ている。――やられる！

一瞬、覚悟した。そのとき、爆音と共に、後ろを走っていたオートバイが、一気に車のわきを抜いて前に出ると、草間のわきへ寄せて来る。

「こっちへ移れ！」

と、そのバイクの男が叫んだ。

移れって？　冗談じゃないぜ、そんな――。

車が迫ってくる。今度やられたら転倒するだろう。

「畜生！」

一か八かだ！――草間はピタリと並んで走るオートバイへと、身を躍らせた。

次の瞬間、草間の乗っていたバイクは、車にはねとばされて宙へ舞っていた。

「つかまってろ！」

と、男が怒鳴る。

猛スピードで、オートバイはその車を振り切ったのである。

「――生きた心地がしませんでしたよ」

と草間は冷たい水のコップを取り上げて、自分の手が小刻みに震えているのを見た。

「落ちついて。もう大丈夫よ」

と、真弓は言った。

ここは、今野家の居間である。

「ちょっとした軽業《かるわざ》だったな」

と、淳一が入ってくる。「絶妙のタイミングだったぜ」

もちろん、草間を助けたバイクに乗っていたのは淳一だったのである。

「でも、凄い腕ですね」

と、草間は少し落ちついて来たのか、淳一のバイクの腕に感心して、「何のお仕事なんですか？」

「そうだね。――何でも一流でなきゃいけない仕事さ」

と、淳一は言った。

「バイク、壊れちゃったし、クビだろうなあ」

と、草間はため息をついた。

「生きてたのが何よりでしょ」

真弓が、珍しくためになる言葉を口にした。「あなたも、大野涼子さんの恋人だったの？」

「ええ、まあ……」

と、草間は少しためらいがちに、「恋人っていっても、こっちが『恋してる』って意味の恋人です」

真弓は眉《まゆ》を寄せて、

「どういう意味？」

と、言った。「恋人じゃなかった、っていうの？」

「そりゃ、何度か話をしたりはしていますけどね。でも——彼女は僕と浮気してたわけじゃありません。本当ですよ」

「だけど……。近藤っていう男とか、永田百合って女とか——」

「ええ、僕も会いました。でも、信じられませんね。涼子さんは、いつもご主人のことを凄くほめてたんです。心から幸せだって。それなのに浮気します？」

「『心から幸せ』でも、『もっと幸せ』になりたい人って、いるもんよ」

と、真弓は言った。「でも、少なくともあなたは、大野涼子とそういう関係にはならなかった、というわけね」

「もちろんです」

と、草間は強調した。「好きでしたけど……。力ずくでそんなことをしても、人は幸福になれませんよ」

「まあ……そりゃそうね」

と、真弓は少々調子が狂っている。

「——まあ、大野涼子が殺され、そのすぐ後に君が殺されかけた。これは偶然とは思えないな」

「そうですね。でも——」

草間は首をかしげて、「殺される覚えなんて、ありませんよ」

「たいてい、殺される人はそう思ってるもんなのよ。殺されそうだと思ってりゃ、用心するから」

「そうですね。でも、本当に――。あ、そうそう。涼子さんの『恋人たち』が集まったとき、もう一人いましたよ。中年の人が。大……村っていったかな」

「それはこの人でしょ」

真弓が写真をとり出す。――大野と涼子が寄り添って写っている、旅先での写真。

「そうです！――ああ、僕もあの人と一緒に写真、とっとくんだった」

と、草間は残念がっている。

「その人はね――」

と、真弓が言いかけたときだった。

「真弓さん！――真弓さん！」

と、玄関のドアを叩く音がして、道田の声が近所に響きわたった。

「道田君だわ」

真弓は玄関へ出て行ってドアを開けた。

「あ、真弓さん、すみません」

「あのね、普通にチャイムを鳴らせば聞こえるの」

「ええ、でも……。真弓さん、『きっと眠ってるから、叩き起こしてね』とおっしゃったんで」

「そんなこと言った？　じゃ、きっと寝言だったのよ」

と、真弓は涼しい顔で言った。「何かあったの？」

「幼稚園です。あの幼稚園で、また死体が――」

「何ですって？」

真弓は、居間から出て来た淳一の方を見た。

「道田君、誰がやられたんだ？」

「電話では、女性だとか……。あの永田百合って女らしいんです」

道田の言葉を聞いて、居間から顔を出していた草間が、

「え？」

と、声を上げた。

道田が、草間を見て、

「誰です？」

「ああ、この子？　私がね、ちょっと可愛がってる子なの」

真弓の言葉に、道田の顔から血の気がひき、鋭く、敵意をこめた目が、草間をにらみつけたのだった。

4

「道田君を、あんまりからかっちゃいけないよ」

と、淳一が言った。

「冗談よ」

と、真弓は涼しい顔で言った。「道田君だって分ってるわよ」

「そうでしょうか……」

と、パトカーに一緒に乗った草間は怯《おび》えている。「僕のことをじっとにらんでましたよ」

「しっかりしてよ。——ほら、もう着くわ」

道田は先に行くもう一台のパトカーに乗っているのだ。

二台のパトカーは、幼稚園の前に停《とま》った。——夜という時間ではないが、もうとっくに終って、幼稚園に子供たちの姿はない。

「まあ、度々《たびたび》どうも」

と、園長の市川和江がやってくる。「とんでもないことがまた……」

「発見されたのは、園長さんですか?」

と、真弓が訊《き》く。

「そうなんです。もう先生たちも帰られて、私がいつもの通り見回っていましたら……。あの〈リス組〉の教室の中を、ふと覗《のぞ》いてみると、机のかげに誰か倒れているようだったので……」

「ともかく現場を」

市川和江は、先に立って案内しながら、

「本当にもう、一体どうしてしまったんでしょう。こんなことがたて続けに……」

と、嘆いている。

「――〈リス組〉の教室は、使っているんですか?」

「いいえ、田口先生が殺されてから、閉めたままです。子供たちを少しずつ他のクラスへふり分けています」

〈リス組〉の戸が開いていて、あの夜を再現しているかのように、警官が出入りしている。

「これじゃ、やめてしまいますわ、子供たちが」

と、市川和江はため息をついた。「いえ、こんなこと言っては、亡くなった方に申しわけないですけどね……。でも、二度も人殺しのあった幼稚園に子供を通わせようとは思わないでしょ、親ごさんも」

「それはそうでしょうな」

と、淳一が言った。「しかし、子供がどうしてもここがいいと言えば、母親たちも諦《あきら》めますよ。あまり動揺しないことです」

「ええ……。ありがとうございます」

市川和江が顔を伏せる。

真弓は教室の中へ入って、うつ伏せに倒れている女のそばへしゃがみ込んだ。

間違いなく永田百合である。

「――今度は刃物で一突きね」

と、真弓が言った。「背中から心臓の辺りを狙《ねら》って、そっと近付いたか、永田百合が油断して背中を向けたか」

「凶器は見当らないな」

と、淳一がそばへやってくる。「しかしこの女は別に先生じゃなかったんだろ?

どうしてこんな所にいたんだ？」

「本人に訊いて」

と、真弓は言った。「でも――」

チラッと廊下に立っている市川和江の方へ目をやって、

「二回とも、死体の発見者があの園長っていうのは妙じゃない？」

「まあ、あんまり深く考えないことだな」

と、淳一は言った。「二つの事件の犯人が同じって決ってるわけでもないんだし」

「そりゃそうだけど……」

真弓は少々不服そうである。

淳一の様子を見ていれば、何か考えがあるらしいことは分る。しかし、一応刑事としてのプライドもあり、真弓の方から訊くわけにはいかないのだ。淳一の方が、勝手に（？）教えてくれるのなら、一向に気にしないのだが。

「――俺はちょっと出かけてくるからな」

と、淳一は真弓に小声で言った。

「浮気しに行くんじゃないでしょうね」

と、真弓がにらむ。

「よせよ。こっちも忙しいんだ。お前以外の女に目をくれる時間なんかないさ」

「それじゃ――」

もちろん、時間がありゃ、他の女に色目を使うのか、と訊くところである。

「それにだ」

と、淳一が先回りして、「他の女を見ても、どうせお前ほどじゃないからな」

「うまいこと言って」

と、それでもニヤついてしまう真弓だが、殺人現場であまりニヤニヤしていては、困ったものである。


「今夜は出かけてくる」

――ここにも、淳一と同じようなことを言っている男がいた。

「夕食、どうするの？」

と、妻が訊く。

「外で食べる」

「どうして、早く言ってくれないの」

「仕方ないだろ。急に外へ出て人と会うことになったんだ」

「いつ、そんな連絡があったの。あなたが帰って来てから、電話なんかかかって来ないわよ」

「うるさいな！　どこへ行こうと勝手だろ。放っといてくれ！」

「あなた――」

市川良一は、荒々しく玄関のドアを閉めて出て行ってしまった。

咲子は、しばらく居間の戸口に立って、体を震わせる怒りとやり切れなさに堪えていたが……。

「もう、おしまいね」

と、呟《つぶや》くように言った。

電話が鳴り出す。咲子は、ちょっと息をついて、居間の中へと戻って行った。

「――市川です。――もしもし？」

「近藤ですよ」

と、低い声。

「あの……。家へかけてこないで！」

と、咲子は早口に言った。「もし義母《はは》が出たりしたら……」

「それどころじゃない。――分ってるでしょ？」

「何のこと?」

「永田百合ですよ。殺されちまった」

「――嘘《うそ》」

「本当ですよ。あの幼稚園でね。こっちまでやられたら、かなわない」

「そんな……。義母が帰らないと思ったけど……。じゃ、それ、本当なの?」

「行って、見てくるんですな」

と、近藤は言った。「ともかく、こっちは命と引きかえなんてごめんだ。金を早くもらわないことにはね」

「それは無理よ。話してあるでしょう」

「事情が変った。そうでしょ? こっちも命の安売りはしたくない」

「少しなら……。少しは用意します。でも、全部はとても――」

「じゃ、できるだけでもいい。それに、少し色をつけてくれればね」

「色をつける?」

「利子をとるのは常識でしょ。いいですよ。奥さん、あんたを利子の代わりにいただけりゃ」

少し黙ってから、咲子は言った。

「私の体で、ってこと?」

声がかすれている。

「子供じゃないんだ。分るでしょう」

「ええ」

咲子はちょっと息をついて、「分りました」

「結構。じゃ、今夜、十一時に」

近藤は、咲子のマンションからそう遠くないホテルを指定した。

「十一時ですね」

「そう。遅れないようにね」

近藤の声から、用心深さが消えていた。「それと金も忘れずに」

「ええ、忘れないわ」

咲子はそう言って、受話器を戻した。

表情が消えていた。——決められたことを決められた通りにやるだけ、という諦めに似たものが感じられる。

玄関に、物音がした。

「——咲子さん」

「お義母《かあ》さん……」

　と、咲子は玄関へ出て行った。

「大変なのよ！　幼稚園でまた――」

　と、市川和江が玄関から上って、「良一は？」

「出かけました」

　と、咲子は言った。

「出かけた？」

　市川和江は、そう訊き返して、「そう……」

　急に体の力が抜けたとでもいうように、居間へ入ると、ぐったりとソファに座り込んでしまった。

「お義母さん。――大丈夫ですか」

　と、咲子が歩み寄る。

「あの子は……女の所へ行ったのね」

「それは――」

「決まってるわ。分ってるんでしょう」

　咲子は目を伏せて、

「もう、あの人も子供じゃありません。いくら人が言っても……。自分で分ってくれないことには」

「そうね……」

と、和江が肯《うなず》く。「あんな子じゃなかったのに」

二人は、しばし沈黙した。

「お義母さん」

と、咲子が顔を上げて、「私、出かけてきます。少し遅くなると思いますけど、休んでらして下さい」

「分ったわ。私のことは心配しないで」

和江は咲子の手を取って、「大変ね、あなたも」

と、言った……。

ホテルのロビーへ入って、咲子は素早く中を見回した。

ビジネスホテル、ということになっているが、フロントが無人で、精算も機械でできるということで、ラブホテル代りに使う人が多いらしい。

それなりに小ぎれいで、清潔な印象ではあった。

ロビーから電話をかけ、近藤のいる部屋へつないでもらう。──ルームナンバーが分ればそれでいい。

「──待ってましたよ」

と、近藤は言った。「上って来て下さい」

「これから行きます」

咲子は、電話を切ると、エレベーターへと歩いて行った。

近藤の借りた部屋の前に来て、咲子はちょっと呼吸を整えた。

ドアを軽く叩くと、すぐにカチッと音がしてドアが細く開く。

「入ってらっしゃい」

と、近藤の声がした。

ドアを開けて、咲子は戸惑った。部屋の明りが消えている。

「ドアを閉めて」

と、暗いベッドの方から近藤の声がした。

「どうしたんですか」

「別に明りは必要ない。そうでしょ」

と、近藤は言った。「さあ。服を脱いで、ベッドへいらっしゃい。どうせここまで来たんだ」

「分りました」

と、咲子は言って、後ろ手にドアを閉めた。

ベッドサイドの小さな明りだけが、うっすらと部屋の様子を浮き上らせている。

咲子は、バッグを傍の棚の上にのせ、スーツを脱いだ。

「後は……あなたが」

と、低い声で言って、ベッドへと近付いて行く。

「いや、すてきだな……。初めて見たときからね、気に入ってたんです、奥さんのことは」

と、近藤はしゃべっている。

「そうですか」

ベッドの所まで来て、咲子は、ふっと息を吐き出すと、「ごめんなさい」

と、呟くように言った。

そして、手の中に隠し持っていたナイフを高々と振り上げると、ベッドのふくらみへと力をこめて突き立てた。

——パッと明りが点《つ》く。

ギクリとして振り向くと、

「――もうおやめなさい」

と、淳一が言った。「無益な殺生《せっしょう》というものですよ」

「あなたは……」

咲子はベッドを見た。――毛布をめくると、枕《まくら》がいくつも重ねてあり、その間に小さなスピーカーが置かれていた。

「――命は惜しいよ」

と、淳一の後ろから近藤が顔を出している。

「この人に、マイクでしゃべってもらったんですよ」

と、淳一は言った。「ご主人が、いつまでも涼子さんのことを忘れられずにいることが許せなかったんですね」

咲子はナイフをストンと床に落として、ベッドに力なく座った。

「――分ってるんですね」

「涼子さんは夫を裏切ったことなど一度もなかった。あなたは、この近藤と永田百合を雇って、『恋人』の役をやらせた」

と、淳一は言った。「二人とも確かに、涼子さんを知っていた。涼子さんの手帳にあった名前から、草間を加えて、三人、『恋人』を選んだ。――しかし、草間は本当に涼子さんに恋していたわけで、他の二人とは違う。近藤と永田百合にはお金を払って、恋人役をやらせたが、草間はもしかすると本物の恋人かもしれない。そうなると、残り二人がでっち上げとばれるような、涼子さんの秘密を、草間が知らないとも限らない。――そこで草間を事故に見せかけて殺そうとした」

咲子は目を見開いて、

「あのときのオートバイの……。あなただったんですね」

と、言った。「草間という人は……。純粋で、若くて、すてきです。私、涼子が嫉《ねた》ましくて」

「三人も恋人がいれば、当然警察の捜査の目はそっちへ向く。――ところが、永田百合が欲を出して、もっと金を出せと言って来た」

「殺すつもりじゃなかったんです」

と、咲子は言った。「ナイフも、いざというときに身を守るために……。でも、あの女は――」

咲子の唇が震えた。

「ご主人を誘惑していた。そうですね」

「ええ……。あの人は——弱い人なんです。人に逆らえない……。悪い人じゃないんです。女の方が——いつも、女がいけないんです」

絞り出すような声。両手で顔を覆うと、咲子は泣き出した。

「——そういうことだったの」

と、ドアがいつの間にか開いて、真弓が立っていた。

「刑事さん……」

咲子は顔を上げると、「お手数をかけました」と立ち上って、両手を揃《そろ》えて差し出した。

真弓が、その手首に手錠をかけようとすると、

「いけません！」

と、鋭い声が飛んだ。「——いけませんよ」

「お義母さん」

「いけません」

市川和江が、静かに入って来た。「——咲子さん。あなたが罪をかぶってはいけません」

「私が——」

「いいえ」

と、和江は首を振った。「私も、良一のことは可愛いわ。でも、あの子はもう大人《おとな》です。自分でしたことの責任はとらせなくては……」

咲子が泣き出した。――市川和江は、真弓の方へ向くと、

「田口先生を殺したのも、あの永田百合を殺したのも、良一です」

と、言った。「できる限り、かばって来ましたが、それはあの子のためにも良くありません」

「涼子さんに乱暴しようとして……」

「そうです。田口先生も可哀《かわい》そうに。良一がしつこくつきまとうので、思い余って私に話そうとしたんでしょう」

「市川良一を捜すことだな」

と、淳一が言うと、和江は首を振って、

「あの子はうちへ帰って来ます。――必ず」

と、言ったのだった……。

――市川和江と咲子が互いにもたれ合うようにして、道田刑事と共に出て行くと、

「知ってたのね、良一がやったって」

と、真弓は夫をにらんだ。

「二度目の事件で、あの園長が一人で残ってたと言ったのは、誰かをかばってるから、としか思えないだろ。何の用にしろ、永田百合があんな場所で殺されるっていうのは、相手があそこの人間だからだ」

淳一は、腕組みをして、「そのために、良一の女房も、人を殺しかけた。——悪い亭主に当ると、女房も苦労するよな」

「あなた、どうしてこんな一文にもならない事件に係《かかわ》り合ったの?」

と、真弓が冷やかす。

「そりゃ、『夫婦の問題』を考えるのに、いいケースだと思ったからさ」

「そう。それじゃ」

真弓は淳一の腕をとって、「二人でゆっくりその問題を考える?」

と、微笑《ほほえ》みかけたのだった。

解説

藤田 香織（書評家）

女子大生に双子に三姉妹。天使と悪魔に吸血鬼。母は泥棒、子は殺し屋に詐欺師に弁護士&刑事という家族もあれば、親が失踪した子子家庭もある――! 赤川次郎さんがこれまでに世に送り出したシリーズ作は二十を超えますが、本書の主人公である今野夫婦は、デビュー作「幽霊列車」のヒロインを務めた永井夕子、そして今や若い世代にもお馴染みの国民的人気者となった三毛猫ホームズに続く三番目のシリーズキャラクターとして誕生しました。

最初の短篇集『盗みは人のためならず』が刊行されたのは一九八〇年。中肉中背の引き締まった体つきで、ちょっと苦味走ったクールな男、今野淳一の職業は泥棒。その妻で、そそっかしくもキュートな魅力で淳一のみならず部下の道田をも振り回す今野（旧姓・野崎）真弓は、殺人事件に挑む警視庁捜査一課の刑事。泥棒と刑事の夫婦、という異色コンビでありながら、ふたりの愛と読者の支持は長い年月が過ぎても変わることなく、現在の最新刊である『泥棒たちの黙示録』(二〇一二年十二月刊／トクマ・ノベルズ)を含め十八冊にもなりました。今回、装いも新たに生まれ変わった本書『泥棒は三文の得』は、そのちょうど真ん中の第九弾。まずは収録された五つの短篇の内容に軽く触れておきましょう。

「毒薬は口に甘し」では、銀座の超一流レストランで毒薬を使って人殺しを請け負っていた殺し屋が殺害される事件が発生。真弓は従業員の証言から、店の女シェフ・大倉果林を容疑者として連行したものの、証拠不十分で釈放することに。が、その直後、新たな殺人事件が起こり、しかも今度は果林が犯行を自供したことから物語は混迷を深めていきます。

料理やスイーツをめぐるミステリーといえば、北森鴻の『メイン・ディッシュ』や、近藤史恵の『タルト・タタンの夢』、『ヴァン・ショーをあなたに』のビストロ・パ・マルシリーズ、石持浅海の『Rのつく月には気をつけよう』、上田早夕里の『ショコラティエの勲章』など「美味しい」作品は数ありますが、甘さを抑えたこの作品の後味も絶妙。ベテラン赤川シェフの技を堪能できます。

続く「夜目、遠目、丸の内」は、丸の内にある企業が舞台。淳一が下調べに出かけたN産業で社長の野崎宏治が銃殺され、真弓は犯人捜しに乗り出します。今回に限らず、このシリーズではタイトルがことわざや格言、最近では名作映画の題名などをもじって作られているのですが、この作品の元になっているのは「夜目、遠目、笠の内」という女性が実際よりも美しく見える条件を表したことわざ。事件の鍵を握る存在として登場する〈謎の女〉の存在を見事に表現していて、しみじみ巧い。

三作目の「親は泣いても、子は育つ」は、真弓に報われない恋心を抱き続けてきた道田刑事に花嫁候補登場!?　と、長年のファン心を煽《あお》る一方で、複雑な父と娘の「想い」が明かされていきます。真弓の先輩刑事・安川が直面した放火殺人事件。ひとり娘のまどかが犯行を自供したものの、どうやら隠された事情があると察した今野夫婦は、真相究明にあたり、知られざる真実を見つけ出す。人の気持ちの狡《ずる》さや弱さから目を逸《そ》らすことなく物語を描き、それでも潔癖ゆえに道を誤った少女を決して突き放したりはしない実にこのシリーズらしい結末で、ラストシーンの淳一は、真弓じゃなくても惚れ惚れするほどカッコ良く印象に残ります。

そして四作目となる「無理が通れば道路がひっこむ」は、ルノアールの絵を購入した生命保険会社が開くお披露目パーティを舞台にした騒動記。ガードマン殺人事件に私欲剝《む》き出しの登場人物たちが絡んでいきます。絵画をめぐる短篇といえば『盗みは人のためならず』に収録されているシリーズ二作目の「名画から出て来た女」を思い出す読者もいるかもしれませんが、あの時と違って今回は淳一の仕事も——いやいや、それはぜひ読み比べてみて下さい。

最後を飾る「知らぬが仏も三度まで」の殺人現場は幼稚園。年の離れた被害者の夫が、事件後呼び出しに応じて待ち合わせ場所に向かうと、妻の恋人だったと自称する三人の「男女」が現れます。やがてそのうちのひとりが命を狙われ、さらに新たな被害者が——。毎度のことながら何事にも一流の腕を発揮する淳一の活躍ぶりも見事ですが、重く哀しい「愛」と真相が明らかになった後の、真弓の切り替えの早さにも感服。これぞ今野夫婦！　と頬がゆるむこと確実です。

さて。私が初めてこの〈夫は泥棒、妻は刑事〉シリーズを読んでから、約三十年。赤川さんのシリーズ作のなかには永井夕子のようにある年齢から成長を止めた（永遠の女子大生⁉）主人公や、杉原爽香のように、毎年ひとつずつ年を重ねていく人物もいますが、今野夫婦は昔も今も淳一＝三十四歳、真弓＝二十七歳のまま。初めて読んだときは中学生だったのに、いつの間にやら四十代も半ばになってしまった身としては、なんだか少し不思議な気もします。でも、それ以上に、こうして再読してみると、ほっとするのもまた事実。

それはたぶん、年齢だけでなく、ふたりの姿が「変わらない」からです。

長期シリーズともなれば、主人公の変化を描くことは物語の大きな魅力になるはずなのにそうはせず、赤川さんは、最初から超一流の仕事人だった淳一はもちろん、ある意味のびしろはたっぷりありそうな真弓もまったく成長させない。誤解を恐れずに言えば、人も小説も変わって当たり前、その方が楽なのです。にもかかわらず、日常から地続きの、けれど愉しい非日常を描き続けている。これは並大抵の「技」ではありません。

今回の新装版で新たな読者となった方も、慌ただしく、飛ぶように過ぎて行く年月のなかで、変わらない場所がある幸せをいつの日かきっと実感できるはず。その日までふたりの愛が続きますように——とは願わなくても大丈夫。そう信じられることが三十年以上続くこの〈夫は泥棒、妻は刑事〉シリーズ最大の魅力ですから。

二〇一二年十二月

本書は1996年4月徳間文庫として刊行されたものの新装版です。なお、本作品はフィクションであり実在の個人・団体などとは一切関係がありません。

徳間文庫

夫は泥棒、妻は刑事 9

泥《どろ》棒《ぼう》は三《さん》文《もん》の得《とく》

〈新装版〉

2013年1月15日 初刷

著者 赤《あか》川《がわ》次《じ》郎《ろう》

発行者 岩渕徹

発行所 東京都港区芝大門二—二—二〒105—8055
株式会社 徳間書店

電話 編集〇三(五四〇三)四三四九
販売〇四八(四五一)五九六〇

振替 〇〇一四〇—〇—四四三九二

印刷 凸版印刷株式会社

製本 ナショナル製本協同組合

ISBN978-4-19-893643-3 (乱丁、落丁本はお取りかえいたします)

徳間文庫の好評既刊

赤川次郎

赤いこうもり傘

島中瞳は活発で勇敢な女子高生。Ｔ学園のオーケストラでヴァイオリンを担当している。ＢＢＣ交響楽団との共演まであと一週間。練習にあけくれる毎日だ。ところが楽団の楽器がヴァイオリンとヴィオラ、合わせて十二台も盗まれてしまう。犯人からの身代金請求額は一億円！　楽器が戻らなければ、コンサートが中止に？　瞳は英国の情報員と事件解決に向って動くが……コンサートのゆくえは？